恋をするにもほどがある

Waki Nakura

名倉和希

CHOCOLAT BUNKO

ILLUSTRATION 桜城やや

CONTENTS

十六歳になったら告白する。そう心に決めて三年。

「……ごめん、俺は凛《りん》くんの恋人にはなれない」

十三歳で一目惚れした相手は、凛が心臓を爆発させながら告げた愛の言葉を、あっさりと拒絶《きょぜつ》した。

ガーン…とショックのあまり愕然《がくぜん》と立ち尽くした凛は、たしか「僕が男だから？」と震える声で問いかけたと思う。そのときのことは頭が真っ白になって、目の前が真っ暗になって、断片的にしか覚えていない。ただ、夜空に大きな花火が美しかったことは、記憶にある。

「まあ、たしかに俺はいままで女性としか付き合ったことがなくて、同性は恋愛対象になったことはないけど……」

二人ははぐれないように手を繋《つな》いで雑踏《ざっとう》の中にいた。晴天に恵まれた夏の花火大会。たくさんの見物客が楽しそうにそぞろ歩いている。華やかな柄の浴衣《ゆかた》を着ている女の子や、下駄《げた》をカラコロと鳴らして歩く年配《ねんぱい》の男性、綿あめの袋を持っている男児を抱っこしている母親らしき女性――。

みんなそれぞれ花火大会を楽しんでいるのに、凛はもう浮き立つ気持ちを失くしてしまった。さっきまでは、あんなに楽しかったのに。

「ぼ、僕のこと……嫌い？」

「大好きだよ」

「じゃあ、考えてみてよ。それで、もしよければ、お試し期間を設《もう》けてもいいから、付き合ってよ」

「凛くん、無理だ」

「どうして？」

「だって……俺と凛くんは、兄弟だから」

彼はそう言って、苦笑いした。それが単なる言い逃れのような気がして——いや、そう思いたくて、凛は食い下がった。

「兄弟だけど、血は繋がっていないじゃない。生まれたときからいっしょにいたわけでもない。はじめて会ったときから、三年しかたっていないのに、兄弟だって言うの」

「それでも、兄弟だよ。凛くんは、俺の大切な弟だ」

頭上でドーンと重い破裂音とともに大輪の花が咲く。夜空にきらめく花火を見上げ、凛は涙をこらえた。

兄弟。大切な弟。

だから彼は、凛と繋いだ手を離さないのか。人ごみの中ではぐれないように。無事に自宅まで連れて帰ることを両親に頼まれているから。凛に触れていたいからではない……。

「なにか欲しいものがあったら、買ってあげるよ」

夜店の灯《あか》りを指さす彼に、「子供扱いしないで」と怒ったら、どんな反応をするだろう。きっと困ったように目を伏せるだけだ。

では、いまここで欲しいのはあなただけだと強情に言ったら？

繋いだ手が離れていくかもしれない。そして、二度と繋いでくれないかもしれない。

凛は花火を見上げながら、考えた。どうすればこの人は凛を恋愛対象にしてくれるのか。

義理の兄弟であるのは本当で、両親が離婚しない限り、家族であり続ける。幸せそうな母親の不幸を願いたくないから、両親はこのままでいてほしい。だったら、これから、すこしずつアプローチをしていって、振り向いてもらうしかない。

だからいまは、黙って手を繋いでいよう――。

凛の恋は、いまがスタートラインなのだ。

◇

「あ、もうこんな時間」

　大学構内のカフェで時間をつぶしていた椎名《しいな》凛は、テーブルに置いていた携帯電話に表示された現在時刻を見て慌てた。斜め横の椅子《いす》に座っている西井歩夢《にしいあゆむ》もつられたように時間を確認する。丸い輪郭《りんかく》の顔の中、くるりとした目で凛を見上げてきた幼馴染《おさなな じ》みは、すこし呆《あき》れたような表情をした。

「もしかして、今日は亮介《りょうすけ》さんの会社まで行く？」

「うん。今日はノー残業デーなんだ」

　広げていたテキストや筆記具を手早くショルダーバッグに詰めこみ、カップに残っていたコーヒーを飲み干す。すっかり冷めて苦味だけが強いそれに、うっと口を歪《ゆが》めた。

「毎日毎日会ってるのに、よく飽きないね」

「毎日会ってないよ」

「でもほとんど毎日、亮介さんのマンションに行ってるだろ」

『毎日』ではないが、『ほとんど毎日』ではあるので、歩夢は間違っていない。それでも言い返したくなるわけで。

「残業で深夜になるってわかっているときは部屋で待たないよ。出張でいないときも、行かないし」

「それ、当然のことだから」

歩夢がこんどはあからさまに呆れた顔になる。

「ノー残業デーって、同僚と飲みに行ったりするんじゃないの？　凛が会社の前で待ち構えていたら、亮介さんが困らない？」

そんなこと、言われなくともわかっている。

「同僚と約束しているときは、ちゃんとそう言ってくれる。義兄《にい》さんは僕に甘いけど、僕のために職場でのつきあいをないがしろにすることは、まずないから」

「おお、さすがエリート。きっちり分けてんだ」

「あたりまえだよ」

今日は「迎えに来なくていい」と言われていないから行くのだ。たぶんだれとも約束がないのだろう。そういう日は、恋愛目的の女たちが多数群がってくるから、凛が行けば彼女たちを断る理由になる。亮介は今年で二十八歳。責任のある仕事をたくさん任されるようになり、いまは恋人をつくったり結婚したりする気はないらしい。この先のことはわからないが、凛にとってはチャンス&チャレンジの時期である。亮介がフリーのうちに、自分の存在をアピールしていきたい。そのためには利用されようがどうしようが、そばにいられるのならなんでもいいのだ。

「凛がもう帰るなら、オレも行く」

「アキちゃんのとこ？」

歩夢が「うん」と頷きながら席を立ったので、二人並んでカフェを出た。

「うわ、寒っ」

外はもう薄暗く、初冬の風が吹いている。慌ててコートを着ると、「じゃあ、また明日」と歩夢はセーターの上にカーディガンを羽織《はお》っただけの薄着で駆け出した。すぐ近くに歩夢の彼女が住んでいる。そこへ行くのだ。

（僕には『飽きないね』なんて言っておきながら、歩夢だってよく飽きないよね）

受験会場でナンパした女の子とうまくいった歩夢は、一人暮らしの彼女のアパートに入り浸りだ。童顔小柄で無害そうな外見から草食系男子っぽい歩夢だが、じつはかなりの肉食系。中学時代から彼女が途切れたことがないという強者《つわもの》だ。

凛は急ぎ足で駅へ向かう。最寄《もよ》り駅まで徒歩で十分、亮介の会社までは二度の乗り換えが必要で、一時間近くかかる。

昨日も亮介の部屋で会ったが、会社まで行くのは一週間ぶりだった。

コートのポケットの中でキーホルダーがじゃらりと音を立てる。某テーマパークのキャラクターのキーホルダーに繋げてあるのは、自宅の鍵と、亮介のマンションの鍵だ。

亮介に、凛が鍵を持つことを了承してもらったときのことを思い出すと、いまでも飛び上がって歓声をあげたくなる。ほんの一年前のことだから、鮮明に覚えている。たとえ家族として鍵を渡されたとしても、凛にとっては大好きな人の部屋の合鍵だ。

精一杯、鍵を活用しようと考え、凛が思いついたのは、家事をやってあげることだった。

凛は十六歳のとき、一度、亮介に振られている。いま思えば、あれは時期尚早《じきしょうそう》だった。

はじめて亮介に会ったのは十三歳のとき。再婚同士の両親の見合いの席で、凛は亮介しか見ていなかった。一目惚れだった。

当時大学四年生だった亮介は、中学生の凛から見たら、立派な大人だった。母子家庭のうえ、一人っ子だった凛にとって、亮介は理想の兄——いや、理想の男そのものだったのだ。一流大学に在籍しており、すっきりと目鼻立ちが整った美形で、背が高く、スポーツ万能。そして卒業後は一流企業に就職が決まっているという。おまけに、凛にとても優しく話しかけてくれて、メロメロになった。

両親の見合いは成功し、その後、すぐ結婚が決まった。四人で暮らしたのは、たったの半年間。亮介は大学を卒業して就職すると、すぐに海外へ赴任《ふにん》していった。年に二度は休暇を取って帰国し、椎名家に帰ってきてくれていたが、そんなわずかな時間ではとうてい足りない。たまにしか会えない寂しさの中で、凛は幼い恋心をひそかに育てていた。

十六歳になったら告白しようと決意していた凛は、夏休みを取って帰国した亮介と花火大会の見物に出かけたとき、告白した。けれど、あっさり振られた。

すごくショックだった。愛されていると思っていたから。

（だって普通は、そう思っちゃうよ。義兄さん、すごく僕に優しいし、甘いし……）

それは単に、弟としてしか見られていなかったからだが、そのときはわかっていなかった。だがその後も態度が変わらない亮介に、凛はゆっくりと現状を理解していき、これからどうすればいいか考えた。とりあえず、いい弟でいようと決めた。

昨年の夏、亮介は日本に戻ってくると一人暮らしをはじめた。海外勤務になる前のように、また椎名家でいっしょに暮らせると期待していた凛はがっかりした。もう大人なのだから、実家に戻らず、一人で暮らすことを選択したことはなんらおかしいことではない。もしかして恋人と自由に会えるように一人暮らしを選んだのかと勘繰《かんぐ》ったが、いまのところそんな相手はいないらしい。

凛は亮介に恋人ができないように、またはできたらすぐわかるように、頻繁《ひんぱん》に部屋に出入りすることにした。

それから一年。頑張って家事をやっているが、そもそも自宅には家政婦がいて母親が家事に勤《いそ》しんでいるところを見たことがないうえに、おそらく凛には素質がない。炊事《すいじ》も掃除も洗濯も、失敗ばかりだ。すこしずつ上達しているとは思うが、はたして亮介の役に立っているのだろうか。亮介は凛の失敗を笑って許してくれるし、もうなにもするなとは言わないけれど。

家事はともかく、凛がマンションの部屋に入り浸っていることを、亮介はこの一年で『普通』のことだと思うようになったようだ。凛がそばにいて当然となってくれてからが勝負だ。弟から、気になる存在にランクアップして、さらに恋愛相手として意識させていく。

(あのときのこと、いま義兄さんはどう思っているんだろう……？)

十六歳のときの告白について、凛はもちろんなにも言わないが、亮介も言及《げんきゅう》したことがない。この三年間、凛がなにも言わないから、子供の悪ふざけと処理してしまったかもしれないし、思春期の少年が一過性の勘違いを発症したと思っているかもしれない。

亮介の気持ちを知りたいけれど――本人に聞くことによっていまの空気を壊したくない思いが強い。これではダメだ、関係を深めたいならもっと攻めていかないと、どうせそのうち自分が我慢できなくなって、いまのままではいられなくなる。

ため息をつきながら歩き、大学の最寄り駅についた凛は、定期券で改札を通った。タイミングよくホームに滑り込んできた車両に乗りこみ、ドア脇に立つ。暗い窓ガラスに、車内が映っている。凛は自分の顔を見た。駅まで急いだからか、すこし髪が乱れていたので、手櫛で直す。

凛は童顔だ。ふっくらとした丸みがある頬と尖った顎《あご》のラインは、中学生のころから変わっていない。繊細《せんさい》なラインの鼻梁《びりょう》と目尻が少し下がった大きな目、ぽってりとしたピンクの唇という組み合わせは、あまりにも男らしさが感じられなくて、凛のコンプレックスだった。

せめて身長が高ければ男っぽく見えたかもしれないが、百六十五センチそこそこまでしか伸びなかった。小学生時代からの付き合いである歩夢も似たような体格で童顔なので、二人でいるとよく女子生徒にキャーキャーと騒がれたものだ。

だが彼女たちは凛と歩夢をアイドルのように扱っていただけで、モテていたわけではない。そもそも凛は女の子に興味がなかったからそれでいいが。

(出会ったころとほとんど変わらないから、義兄さん、僕のこと弟としか思えないのかな)

それとも、凛には性別は関係ないと言ったが、生粋《きっすい》のノンケなのかもしれない。弟を傷つけないように、言葉を選んだだけかも。

どちらにしろ、それが真実ならば凛に望みはない――。

（いや、弱気になっちゃダメだ。焦ってもダメだ。頑張って通って、義兄さんの近くにいる時間を増やすんだ。できるだけスキンシップも増やして、なんとかして振り向かせる！）

ふん、と鼻息を荒くして拳《こぶし》を握りながら、乗り換えのために電車を降りた。

ちがう線の電車に乗り、亮介の会社に近づいていく自分を意識する。あと何分で到着する、あと何分で亮介に会える――とカウントダウンしていると、しだいに鼓動が躍《おど》るようなリズムを刻みはじめる。

亮介に会える喜びとともに、闘争心も湧いてきた。

（また、義兄さん狙いの女狐《めぎつね》がたくさん群がってんのかな）

亮介は高身長高学歴で甘いマスクを持つ、独身の二十八歳だ。おなじ会社で働く彼女たちにとっては、極上の獲物《えもの》なのだろう。距離を縮めるために共通の話題を探したり、食事に誘ったりと、女たちはかしましい。

（あんな女たちに義兄さんを渡すものか）

できるだけ急いだが、江東区にある亮介の会社に着いたとき、すでに終業時間から十五分ほど過ぎていた。ノー残業デーだから、スーツの上にコートを羽織った男女がぞろぞろと建物から出てくる。外で待つのは寒いので、凛はエントランスホールに入った。総合受付のカウンターはすでに無人になっている。三階分が吹き抜けになっている明るいホールの隅《すみ》にはいくつかソファが置かれているので、凛はそこに座り、エレベーターの方向を眺めた。

やがて華やかな一団が、開いた扉から出てくるのが見えた。

（あ、義兄さん！）

七〜八人の集団だ。白や明るいベージュ、パステルピンクのコートを着た若い女たちの中心に、頭一つ以上も背が高い男がいる。すこし困った顔をしながら、群がる女たちになにか話しかけていた。

（やっぱり女狐たちがっ！）

アイラインとつけまつげで精一杯目を飾り立てた女たちが、頬を紅潮《こうちょう》させて亮介を見上げている。なにやら懸命《けんめい》に話しかけているが、内容までは聞こえない。たぶんこれから飲みに行こうとでも誘っているのだろう。亮介の様子から、それをやんわりと断っている感じに見える。ここで「俺ってモテる。より取り見取り」なんて調子に乗る男だったら、凛は好きになっていなかった。

一団の横を通り過ぎていく数人の社員たちが、いかにも邪魔そうに眺めていくのを、亮介は気にしているようだ。女たちは丸っと無視だが。

凛はソファから立ち上がった。

「義兄さん！」

声を張り上げると、ホールに響く。パッと亮介が振り向いて、笑顔になった。やはり歓迎されている、と感じてホッとする。

凛が近づくと、女狐たちが一斉に睨《にら》んできた。亮介からは見えない角度だからか、あからさまに「またオマエか」と顔に出す女もいた。視線が矢として放たれたなら、きっと凛の体は穴だらけだ。

その中で特に恨みのこもった目付きをする女は、決まっている。名前は知らないが、ストレートのロングヘアの女だ。染められていない黒髪は艶々《つやつや》としていて、化粧もナチュラルメイク。一見清楚《せいそ》そうな外見だが、ああいう女に限って気が強くて性格が歪んでいるにちがいないと、凛は決めつけている。

内心では女の睨みにビビりながらも、凛は堂々と胸を張って、笑みさえ浮かべ、「こんばんは」と女たちに挨拶《あいさつ》した。

「凛くん、待たせて悪い」

立ちふさがる女たちをかき分けて、亮介が凛の前まで逃れてくる。見下ろしてくる亮介の目には、もう女たちのだれも映っていなかった。

安堵《あんど》する。まだ自分は、女たちよりも優先されている――と。

たとえそれが、弟として、だとしても、いまここで亮介が選択したのは自分だ。

「そんなに待っていないけど、ねぇ、お腹がすいちゃった」

「なにが食べたいんだ？」

いつもはキリッとしている目尻が、ちょっとだけだらしなく下がる瞬間が好きだ。

「ピザが食べたいな」

「よし、ピザだな」

亮介がコートのポケットから携帯電話を取り出し、検索をはじめる。凛はちらりと女たちに視線をやった。凛が登場した瞬間から完全に無視されている彼女たちが、すこしばかり哀《あわ》れに見える。

ここで、フンと鼻で笑うくらいのパフォーマンスができれば、嫌味な弟として完璧かもしれない。だが、いつまで自分が優先されるのかわからないから、凛はそこまで優越感に浸りきれなかった。

「ここはどうだ？」

携帯電話の画面を見せられ、凛が「美味《おい》しそうな店だね」と答えると、亮介はさっそく電話をかけて予約を入れる。

「じゃあ、行こうか」

ごく自然に凛の背中に腕をまわしエスコートしてくれながら、亮介は歩き出す。数歩進んでからハッとしたように振り返り、亮介は女たちに「また明日」と屈託《くったく》なく手を振った。女たちも作り笑顔で「お疲れさまでした」なんて返している。凛はもう振り向かないようにして、亮介の腕だけを感じようと努めた。

「凛くん、体が冷えているじゃないか」

咎《とが》める口調《くちょう》で指摘すると同時に、亮介の手が凛のうなじに触れてきた。冷えた肌に、亮介の手は熱いほどだ。そこから一気に熱が拡散するように、全身がカーッと熱くなる。きっと顔が真っ赤になっているだろう。

「ああほら、すっごく冷たい」

「そう？　すっごいってほどじゃないでしょ」

だからうなじから手を離して、と言いたいけど言葉が出てこない。変に意識していると思われるかもしれない。亮介にとってはただのスキンシップなのに。

「これを使いなさい」

亮介が手に持っていたビジネスバッグから自分のマフラーを引っ張り出した。

去年のクリスマスに、凛が贈ったものだった。亮介に似合うだろうと、濃紺のカシミアれている。

マフラーをプレゼントした。亮介は「大切に使う」と言ってくれ、実際にちゃんと使ってく
「僕が使ったら、義兄さんはどうするの？」

「大丈夫だ、俺はそんなに寒くない」

嘘だ。東南アジアばかり何年も転々として、すっかり体が熱帯仕様になったようだと、愚痴《ぐち》っていたのを覚えている。だから去年のクリスマスにマフラーを贈ったのだ。

「凛くんが寒そうにしているほうが、俺は嫌だから」

そう言って微笑みながら、亮介が凛の首にふわりとマフラーを巻いてくれた。かすかに亮介の匂いがする。大好きな人に抱きしめられたような感覚に囚《とら》われて、凛は「義兄さんが使ってよ」のひとことが言えなくなった。

「あったかい」

「だろ？」

得意げな顔になった亮介の手を、凛はさりげなく握った。

「店まで一駅くらいでしょ。もう寒くなくなったから、のんびり歩いていこうよ」

「凛くんがそうしたいなら」

手を繋いで、歩道を歩いていく。時折吹くビル風から守るように、亮介が微妙に立ち位

置を変えていることに途中で気づき、凛は泣きたくなるほどに切なくなった。この人の弟になれてよかったと思う。けれどおなじくらい、弟じゃいやだとも思う。

「あ、ここかな？」

そんなに時間がかからずに、目的の店に到着することができた。

店員に案内されてテーブルにつき、マフラーを外してコートを脱いだ。イタリアンの店らしい内装に食欲を刺激されつつメニューを広げる。どのピザにしようかな、と悩んでいると、近くのテーブルから「あの人、カッコいい」とひそめた女の声が聞こえてきた。どうせ亮介のことだ。亮介はどこへ行っても女たちに注目される。

「凛くん、席を替わろう」

亮介が立ち上がった。いま座ったばかりなのに。

「どうしたの？」

「いいから、こっちに座りなさい」

拒《こば》む理由もなかったので、凛は従順に席を替わった。すると観葉植物と柱で、視界が一気に狭《せば》まる。ほぼ正面に座った亮介しか見えなくなった。

亮介がひとつ息をついて、あらためてメニューを広げる。

「…………どうして席を替わったか、聞いていい？」

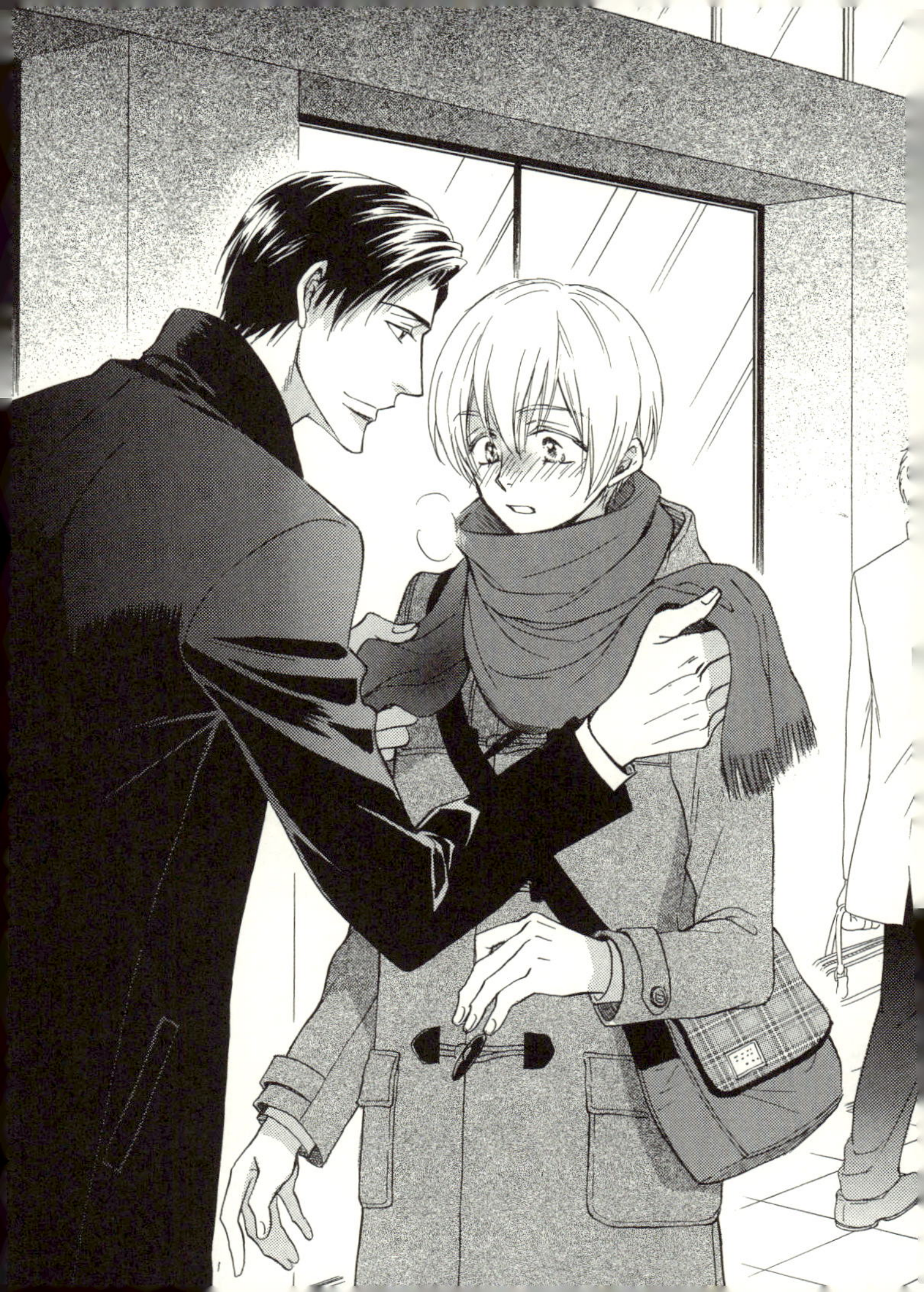

気になったので、できれば知りたかった。亮介が理由もなく席を替わったとは思えなかったから。

亮介はちらりと凛を見てから、メニューに視線を戻す。

「向こうのテーブルの男が、凛くんを変な目で見ていた」

「えっ？」

どんな人だろう、と腰を浮かしたら、亮介に肩を押さえられた。

「こらこら、見なくていい。席を替わった方が、凛くんの姿が他の客から見えなくなっていいと思っただけだ」

「……………そう」

変な目ってどんな目だろう、気にするほどのことかな、と凛は疑問に思ったが、亮介に全幅《ぜんぷく》の信頼を置いている。亮介は間違ったことをしないので、言う通りにしておけばいいと思った。それに、どこに座ろうともピザの味は変わらないだろう。

「凛くんはなににするか決めたのか？」

「マルゲリータ。デザートピザも頼んでいい？　このハチミツがかかったやつ、美味しそうじゃない？」

「二枚も食べられるのか？」

「半分こしようよ」

「いいよ。じゃあ半分こしようか」

ふふ、と顔を見合わせて微笑む。幸せだと思う。けれどやっぱり、凛は亮介の恋人になりたい。弟ではなく。

(まだ変わらずに好きだって言ったら、義兄さんはどうするのかな)

今度こそ、態度が変わるかもしれない。そっけなくなって、こんなふうに和《なご》やかな空気で食事なんかできなくなるかもしれない……。

白黒はっきりつけたい気持ちもあるが、亮介の甘やかしがなくなってしまうのも嫌だ。

(でも、このままではいられないよね)

きっとそう遠くないうちに、自分は我慢できなくなると確信していた。

凛は欲求不満というものと、日々、人知れず戦っているのだ。

凛の両親は、凛が三歳のときに離婚した。理由は、父の浮気と借金だったと、ちょっと大きくなってから母方の祖父母《そふぼ》に聞いた。

別れたときは幼かったので、凛は父親といっしょに暮らしていたころの記憶がほとんどない。離婚時のごたごたも覚えていない。だから、誕生日とか、小学校の入学式とか運動会とか学習発表会とか、ちょくちょく顔を出していた優しい笑顔の父に、悪い印象がなかった。母が父を悪く言うことがなかったせいもあるだろう。

それに、裕福な祖父母が経済的に援助してくれていたおかげで、母との二人暮らしは余裕があった。お嬢様育ちの母は、いつまでもふわふわとしてお姫様みたいな雰囲気をまとい、凛に対して過干渉でも過保護でもなく、平和だった。生活に、不満はなかった。

このままずっと母との暮らしが続いていくのだろうと思っていたのだが——中学一年生のとき、突如《とつじょ》として母に再婚話が舞いこんだ。

年老《としお》いた祖父母が、愛する娘と孫の今後を憂《うれ》い、すべての責任を負ってくれる相手を探したのだ。それが椎名秀則《ひでのり》——現在の父だった。

当時の椎名は五十二歳。中規模の会社を経営していて、そこそこの資産家だ。妻と死別して五年たっていると聞いた。そのとき母はまだ三十四歳で、かなりの年の差があるうえ、椎名にはすでに成人している息子までいると知り、凛は反対した。

「あと十年もすれば僕が社会人になる。祖父《じい》ちゃんと祖母《ばあ》ちゃんがいなくなっても、きちんと母さんを支えていけるから、いまさらそんなコブ付きの年寄りと結婚しなくてもいい」

「そのオヤジはきっと若い女が好きなだけだ、絶対に不幸になる」

そんなふうにはっきり言った。

だが思春期に突入した孫の感情的な意見など祖父母は聞き入れず、見合いはセッティングされてしまった。祖母に「あとで欲しがっていたパソコンを買ってあげるから」と宥《なだ》められ、しぶしぶながらも凛は見合い会場となったホテルに出向いた。

そこで出会ったのが、運命の人、亮介だ。

「はじめまして、凛くん。椎名亮介です。よろしく」

にっこりと笑った亮介の爽やかなイケメンぶりに、凛は一発でノックアウトされた。

母の相手である椎名のことはもはやどうでもいい、とにかく亮介とお近づきになりたい、亮介のことを知りたい、と見合いの間中、ずっと凛は亮介しか見ていなかった。そんな凛を、亮介は邪険《じゃけん》に扱うことなく、会話が途切れないように気を遣ったり、ホテルの庭の散策に誘ったりして、優しくしてくれた。

二人の様子を見て、母は「凛は一人っ子だから、きっとお兄さんという存在に憧《あこが》れがあったんです。亮介さんは理想的なお兄さんになってくれそうですね」とコロコロと笑い、椎名は「うちの亮介も一人っ子です。凛くんのような可愛い弟が欲しかったと思いますよ」と落ち着いた笑みで返していた。

見合いはあっさりと成功し、椎名家での四人暮らしがはじまった。祖父母が手放しで喜んだのは言うまでもない。凛も秘かにガッツポーズをした。

都内の高級住宅街にある椎名家は、立派な洋風一戸建てだった。二階に私室を与えられた凛だが、亮介が在宅時はほとんど彼の部屋に入り浸っていた。意識的にそうしようとしていたわけではない、単に「もっと話をしたい」「もっと顔を見ていたい」と思って行動していたら、そうなってしまっただけだ。

大学四年生だった亮介は卒論で忙しそうだったが、凛を鬱陶《うっとう》しがるそぶりは見せなかった。ときおり困ったような顔をすることはあっても、部屋から追い出されたことはない。だから四月になり、亮介が就職した直後に海外へ転勤してしまったときはショックだった。

時差があるから、そういつも電話できない。メールをすればちゃんと返してくれるが、声が聴けないのはつらかった。会えない日々に、凛は想いを募《つの》らせていった。

そして十四歳のとき、はじめて亮介を想って自慰《じい》をした。それまでも自慰をしたことはあったが、具体的に亮介の裸や手の感触を想像したことはなかった。イク瞬間に亮介の名前を呼んだら、ものすごく気持ちがよくて、病《や》みつきになった。

約束通りに祖母に買ってもらったパソコンで、男同士のセックスについて検索をしはじめたのは、そのときからだ。五年たったいまでは、立派な耳年増《みみどしま》になっている。

凛が自分のセクシャリティを自覚したのは十歳を過ぎたころだったが、わりと幼いときからその傾向は現れていた。

幼稚園時代、女ばかりの幼稚園教諭の中、たった一人だけ、体育大学出身の男の体操の先生がいた。専門的な教師がいるということが売りだった幼稚園には、ほかに音楽の先生と、美術の先生もいた。凛はその体操の先生が好きだった。体操の時間がある日はうきうきとして登園したものだ。

母子家庭だったから、最初は単に大人の男が珍しかったのかもしれない。けれど「抱っこして」と逞《たくま》しい足に縋《すが》りつくと、「いいよ」と笑って軽々と持ち上げてくれる力強さに胸がキュンとなった。卒園式のときは、その先生との別れがつらくて泣いた。

小学生時代は新任の男性教師にときめいた。友達になった歩夢がクラスの可愛い女の子と仲良くなろうと努力しているあいだ、凛は校庭で子供たちとドッジボールに興《きょう》じている若い男性教師の笑顔を眺めてドキドキしていたのだ。

そして中学生になってすぐ、亮介に出会った。ちゃんとした恋は、これがはじめて。

あれから六年。凛は変わらずに――いや、六年前よりももっと、亮介が好きだ。

海外の赴任先からたまに帰ってくる亮介を、毎回心待ちにしていた。会えば、とても優しくしてくれる。亮介はいつも友人たちに会うよりも凛を優先して、スケジュールを組んでくれていた。ほとんどの希望を叶えてくれ、ハグや手を繋ぐといったスキンシップは当然だった。

凛が知る限り、亮介に恋人はいなかった。そんな様子はなかったし、本人の口からも一切出てこなかった。亮介の最優先事項は、だれがどう見ても凛だった。

「たまの休みを凛のために潰してしまって、申し訳ないわ。大切な人がいたら、そちらを優先してくれていいのよ？」

そう言う母に、亮介は笑って答えた。

「凛くん以上に、大切なひとはいませんから」

椎名の父は苦笑いするだけで、特になにも言わなかったが、母は困惑《こんわく》顔になっていた。

そんなふうに言われたら、勘違いするというものだ。凛が愛されていると思いこんで突っ走った原因は、あきらかに亮介にもあった。

「すっごく美味しかったね」

「ああ、美味しかったな」

ピザでお腹いっぱいになってご機嫌な凛を、亮介が優しい笑顔で見下ろしてくる。二人は店を出ると、そのままマンションへと向かった。店で長居をしなかったので、まだそんなに遅い時間ではない。凛がついていくことを、亮介はとくに咎めなかった。

「ただいまー」

　自分の家ではないが、凛はそう言いながら真っ暗な玄関に入った。亮介の長い腕が伸びて照明のスイッチを押してくれる。凛は家主である亮介よりも先に、勝手知ったるなんとかでさっさと奥へと進んだ。リビングダイニングの灯りをつけると、見慣れた部屋がパッと照らされる。昨日、凛が来たときのままであることを確認して、ホッとした。亮介は今日も会社にいたのだから、だれかを連れこむ時間の余裕などないとわかっていても、自分の目で確かめないと心配になる。ついさっきも、亮介のモテ具合を目の当《ま》たり《あ》にしたばかりだ。

「凛くん、エアコンのスイッチ入れて」

「はーい」

「なにか飲む？　さっき店でジンジャーエールを飲んでいたから、いつものカフェオレにするか？」

　亮介がコートを脱ぎながらキッチンへ入っていく。リモコンでエアコンをオンにしてから、凛もキッチンへ行った。

「うん、カフェオレがいい」

棚から自分用に置いてあるカフェオレボウルを取り出す。亮介もコーヒーを飲むだろうから、マグカップも出して並べた。

「ここは俺がやるから、凜くんはそれを片付けてきて」

ダイニングの椅子にかけてあるコートとスーツのジャケットを指さされたので、それを抱えて寝室へ行った。ハンガーにコートとジャケットをかけ、ハンガーラックにぶら下げてからブラシでサササッと埃《ほこり》を払った。

このくらいなら難なくできるようになったが、一年前はひどいものだった。スーツにブラシをかけて、と言われて衣類用のブラシがあることを知らず、わざわざ洗面所から頭髪用のものを持ってきてスーツに整髪料をつけてしまった。さらに家庭で洗えないスーツを、洗濯機で思い切りごうんごうんと回してしまったこともある。白いワイシャツを色物といっしょに洗って変な色にしてしまうという定番の失敗もした。アイロンをかけようとして指を火傷《やけど》したこともあるし、掃除機をかけていて液晶テレビに肘鉄《ひじてつ》をくらわせ、倒して壊してしまったこともある。

料理も当然、できなかった。疲れて帰ってくる亮介に家庭の味というものを提供したかったのだが、料理のレシピを見てもなにがなんだかさっぱりわからなかった。みじん切りはなんとなく予想がつくけど、いちょう切りってなに？　短冊《たんざく》切りって？　というレベルだった。

なんとかしようにも料理はどう見ても失敗ばかり。それなのに亮介は、「凛くんの気持ちが嬉しい」と笑いながらすべて食べてくれた。その男気に、凛が惚れ直したのは言うまでもない――。

ひとつずつ家事を覚えて、最近はずいぶんと失敗が減った。凛がいてくれてよかった、と亮介が思うようになってくれたかどうかはわからないが。

ブラシをかけ終わって寝室を出ると、ちょうどヤカンの湯が沸いたところだった。

「ほかになにかやることある？」

役に立ちたい、その一心《いっしん》で、亮介に訊ねる。

「洗濯機の中に乾燥済みのものが入っているはずだから、それを取ってきてもらえるか？」

「うん、わかった」

たぶん朝出かける前にスイッチを押していったのだろう。凛は洗面所へ急ぎ、ドラム式の洗濯機の蓋《ふた》を開けようとして――手をついたところが運悪く始動のスイッチだった。

「あ、ああっ！」

即座に蓋がカチッとロックされ、内部でドラムがぐるりと回りだす。

「えっ、えっ、どうしよう、どうすればいいんだっけ」

冷静であれば電源を切ってしまえばいいとすぐわかったと思う。だがもともと不慣れで家事の素質がない凛は、家電へのとっさの対処がまるでできなかった。つまりアドリブがきかないのだ。そのうち洗濯機の中で水がバシャーッと音を立てた。

「あーっ！」

せっかく洗濯から乾燥まで終えていた衣類が、びしょ濡れになってしまった。茫然《ぼうぜん》と立ち尽くしていると、「どうした？」と亮介が駆けこんできた。

「ごめんなさい、中身を出す前に動き出しちゃった。濡れちゃった！」

「ああ、いいよ、そのくらい。洗剤は入れていないんだろう？　乾燥だけさせれば、問題はない」

亮介はおろおろしている凛の肩を軽く叩き、洗濯機のボタンを押した。回っていたドラムは一旦停止し、乾燥に切り替わったようだ。

「さ、湯も沸いたし、そろそろ向こうに行こう」

リビングへと促《うなが》されながら、凛は洗濯機を振り返る。単純な家電ですらうまく使いこなせないことに、ため息が出そうだ。そんな凛に、亮介はまったく腹を立てない。余計なことをするな、とも言わない。この優しさにどういう意味があるのかわからなくて、悩んでしまう。

凛に家事を期待していないのだろうか、それとも真面目《まじめ》な気持ちを評価してくれているのだろうか。後者であればいいと、凛は亮介が淹《い》れてくれたカフェオレを飲みながら、祈るように思った。

その後、亮介に最寄り駅まで送ってもらい、凛は帰宅した。門扉を開け、比較的広い庭を歩きながら、そういえばショルダーバッグに入れっぱなしだった、と携帯電話を取り出す。歩夢からメールが届いていた。

『例のモノ、アキちゃんのところに届いたぞ。明日、代金一万四千円を、耳を揃えて持ってくるように！』

やった、と声に出してしまいそうになり、凛はてのひらで自分の口を覆《おお》った。玄関を入り、「ただいま」と中に声をかける。

リビングに行くと、ソファに座って寛《くつろ》いでいた両親がそろって振り向いた。

「お帰り」

「今日は亮介さんとなにを食べてきたの？」

いつものふわふわした笑顔で母が聞いてくる。

「ピザ。石窯《いしがま》で焼かれたやつ。すっごく美味しかった」

「あら、野菜はちゃんと食べた？」

「食べたよ。山盛りのサラダも取ってくれたから。契約農家の無農薬野菜だって。美味しかった」

「どこのお店か教えて。ねぇ、あなた、今度連れていって」

「うん、そうだな」

母の甘えた声に、父がにこにこと笑って頷く。はじまりは見合い結婚の二人だが、仲は良い。亮介という存在がなかったら、凛は「母を取られた」と、こんな光景にもやもやと嫉妬を感じていたかもしれない。だが関心のすべてが亮介に向かってしまったおかげで、両親に対してまったく心が動かされることがなかった。勝手にやってくれ、という感じだ。

キッチンで水を飲んで、二階の部屋に戻る。明日が楽しみだった。

翌日、大学で会った歩夢から、書店の紙袋を手渡された。中身はさらに紙袋に入れられて、ガムテープで封がされている。もちろん、本ではない。用意しておいた現金入りの封筒を歩夢に渡す。

「アキちゃんちを利用するのは、今回限りだぞ。いくら一人暮らしだからって、ヤバいもんが届いたことがバレたら、アキちゃんが困るだろ」

「うん、ごめん。ありがと。約束通り、今度、ホテルのレストランのランチビュッフェを奢《おご》るから」

顔の前で両手を合せ、拝みながらも、凜の意識は紙袋の中身に一直線だ。四限までぎっちりある講義を、すべて心ここにあらず状態で受けたあと、凜は急いで家に帰った。

「ただいま」

玄関で靴を脱ぎ捨てて階段を駆け上がる。

「あら、今日は早いのね」

階段の踊り場で、リビングから顔を出した母に声をかけられた。その手には刺繍《ししゅう》がある。

普通の主婦ならあれこれと忙しい夕方という時間帯だが、母は家事をいっさいしない。家政婦任せだ。リビングで趣味の刺繍をしていたようだ。

「今日はやらなくちゃいけないことがあるから」

「そうなの。お勉強？」

「そう、大事なレポートがあるから、降りてくるまで声かけないで」

嘘だ。そんなレポートはない。凜は自分の部屋に入ると、鍵をかけた。紙袋の中の、ガムテープで封がされた紙袋を取り出す。びりびりと破って取り出したのは——バイブだ。透明のプラスチックケースに入ったそれは、インターネットのサイトで見た写真のまま、ピンク色で男性器の形をしている。ずっしりとした重さがあるそれを、凛はしばし茫然と見つめた。

「……ちょっとこれ、大きい……？」

縦横斜め、いろいろな角度で見てみたが、標準サイズだと思っている自分のものより、はるかに長くて太かった。これが初心者の尻に入るとは思えない。アナル専用ではないものをあえて選んでみたのだが、失敗だったかもしれない。

「これ、高かったのにっ」

悔しい。現物を見ずに買わなければならない、通販の失敗がこんなところに！

「もう一本の方は？」

まとめ買いした二本目を取り出すと、細かった。こちらはアナル専用のディルドで、凛の親指くらいの太さ、十五センチほどの長さがある。小さなでこぼこがあるが、そんなに刺激的なフォルムはしていない。サイトに「初心者用」と明記してあった通り、これなら入りそうだ。

凛はディルドを見つめ、ごくりと唾《つば》を飲みこんだ。

「…………試してみようかな……」

一万円以上お買い上げの方におまけとしてついてくるローションのボトルを手にして、

しばし考える。

アナルセックスという行為があると知ったのは、ゲイについて検索しはじめてすぐだった。もちろん、最初はびっくりした。そんなことはできないと思った。けれど、きちんと準備をして、慣れてくれれば快感が得られるとわかると、俄然《がぜん》、興味がわいてきた。

もし、もしも、亮介とそういう関係になったら、凛は体を繋げてみたい。大好きな人と深いところでひとつになりたいし、亮介を気持ちよくさせてあげたい。同時に自分も気持ちよくなれるのならば、なんて素敵なことなんだろう。

だが両親と同居している家で、あまり大胆なことはできない。異物の挿入に慣れるためのグッズが欲しくて通販で手に入れたいと思っても、届いた荷物をいつだれが開封してしまうかわからなかった。絶対に開けないでくれと家政婦に頼んでも、母が開けてしまうかもしれないのだ。こんなものを発見したら、母はきっと大騒ぎする。父に話すだろうし、きっと亮介の耳にも入ってしまうだろう。

想像しただけで恥ずかしくて、恐ろしい。

だから、歩夢の彼女であるアキちゃんが一人暮らしをしていることに目をつけた。歩夢に頼んで、歩夢の名前で大人のオモチャのサイトの会員になってもらい、グッズを購入してもらった。そしてアキちゃんに荷物を受け取ってもらったのだ。

ベッドの上にディルドとローションのボトルを置き、緊張しながらズボンのボタンを外す。そろりと腰骨あたりまで下ろしたときだった。

「凛ちゃん、メロンがあるんだけど、食べる?」

ドアのすぐ向こう側から母が声をかけてきた。ドアノブがガチャガチャと鳴らされる。鍵がかかっていて開かないが、凛は心臓が口から飛び出すのではないかと思うほどに驚愕した。慌ててズボンを上げ、ボタンをはめる。

「お、降りていくまで、声かけないでって言っておいたじゃないかっ!」

「うん、でも、一人でメロンを食べたくないの。いっしょに食べましょうよ」

コンコンコンと急かすようにノックされ、凛はおたおたと動揺しながらバイブその他を紙袋に押しこみ、ベッドの下に蹴り入れた。

「凛ちゃん? 凛ちゃん?」

「ああ、もうっ」

鍵を開けると同時に廊下側からドアがバーンと開かれた。笑顔の母が立っている。

「凛ちゃん、メロン食べましょ」

「………わかったよ……」

この母に理屈は通じない。十九年も息子をやってきたので、それはじゅうぶんわかっている。逆らうのは諦めて、凜は手を引かれるままに階段を下りていった。

◇

「――はい、そうです。その線でよろしくお願いします」

亮介の話し方は穏やかで、低音がよく響き、滑舌《かつぜつ》がいいので聞きやすいと褒《ほ》められることが多い。営業マンとして、声と話し方に好感を持ってもらえるのは有利だと思う。使いこなすことができているかどうかは、自分ではよくわからないが、現在の通話相手は機嫌がよかった。

視線を感じて顔を上げれば、向かい側のデスクにいる同僚と目が合う。二年後輩の女性社員だ。なにか用かな、と小首を傾げたら、パッと頬を染め、慌てたように片手をぱたぱたと振った。なんでもない、と言いたいのかなと解釈して、亮介は通話に集中する。

だが仕事上必要な話はすでに終わっているので、内容は世間話に移行していた。五分ほどなら雑談に付き合おうと、亮介は相槌《あいづち》を打つ。そのタイミングで、通話相手の方が背後でだれかに呼ばれたようだ。慌てて『そういうことで、よろしくお願いしますね』と切り上げてきた相手に、亮介も「こちらこそ、よろしくお願いします」と柔らかい口調で応える。

「それでは、失礼します」

通話を終え、亮介は受話器を戻した。仕事が一区切りついたところで目の前にあるPCの時計を見ると、午後三時をすこし過ぎたところだった。休憩しようかと、携帯電話だけを手に、席を立つ。

廊下に出たところで「椎名さん」と呼び止められた。向かい側のデスクの女性社員だ。

「ああ、やっぱりなにか用だった？」

「いえ、あの、用というほどのことではないんですけど……ちょっと相談したいことがありまして」

「俺に相談？　仕事のことだったら課長の方がいいんじゃない？」

亮介たちの直接の上司である課長は女性で、話しやすい人だ。

「えっ…と、でも、私は椎名さんの方が……」

頬をほんのりとピンクにして上目遣いをしてくる態度に、相談の中身は簡単に察することができる。亮介は白けた気持ちを微塵《みじん》も顔に出すことなく、微笑してみせた。

「まあ、どうしてもって言うなら、いいけど」

「じゃあ、今週の金曜日の――」

「明日の午後イチで小会議室を予約しておくよ。三十分でいい？」

「あ、え…………はい……」

「じゃあ、明日の午後イチね。内容によっては、俺から課長に持っていくから、そのへんは――」

「えっ」

「仕事の相談だろう？　ちがうの？　重要なことなら、俺の胸にだけ留めておくのは……」

「やっぱりいいです」

女性社員は口元をわずかに引きつらせながら一歩引いた。

「その、やっぱり相談はいいです。私から、直接話します。すみませんでした」

逃げるように踵《きびす》を返し、女性社員はオフィスに戻っていった。わりとあっさり退散してくれて助かった。

(最近なかったから油断していたな)

海外赴任から戻ってきてから一年とちょっと。帰国直後は恋人の座を狙う女性社員たちの攻勢が激しくて辟易《へきえき》していたが、それも三カ月を過ぎるころには沈静化《ちんせいか》していた。凛のおかげでかなりのブラコンだと知れ渡ったからだ。たまのノー残業デーにつきまとわれるくらいなら、なんとかあしらえる。

やれやれ、とため息をつき、社員食堂のあるフロアに移動した。ランチタイムは終了しているので食堂は閉まっているが、その片隅にあるカフェスペースは一日中開いている。清涼飲料水の自動販売機と、エスプレッソマシンが置いてあり、社員は自由に使用してよかった。

「よう、椎名」

顔見知りの先客がいた。五つあるテーブルのひとつに、同期入社の佐川《さがわ》という男が座り、テーブルにタブレットを置いて紙コップでエスプレッソを飲んでいる。ほかに人の姿はない。佐川を横目で見ながら、亮介もエスプレッソマシンのボタンを押す。

「こんなところで仕事をしているのか？」

「いや、純粋な休憩。このあと夜までノンストップの予定だから、英気《えいき》を養《やしな》ってんの」

はははは、と屈託なく笑った大きめの顔はほどよく焼けている。紙コップを手に、佐川のテーブルに行くと、タブレットに映し出されていたのは山の写真だった。

「なんだ、また山に行ってきたのか？　この寒いのに、よくやるな。冬山は危険だろう」

「そんな高い山には行かないから大丈夫だ」

佐川はニッと白い歯を見せて笑った。アウトドアが大好きで、夏になると休みのたびにキャンプに行っているらしい。亮介もアウトドアは嫌いではないが、毎週行くほどの中毒ではない。

「おまえにとっての休憩は、山の写真を見ることなんだな」

「まあ、そうだ」

じゃあ自分もと、亮介はスーツのポケットから私用の携帯電話を出し、お気に入りの写真を出した。パッと画面に現れたのは、可愛くて可愛くてたまらない義理の弟の凛。はにかむような笑顔でこちらを見ている。

（ああ、凛くん……）

ふうっと全身から仕事の緊張が解けていくのがわかる。亮介にとって、凛は癒《いや》しだ。美味しそうにアイスを食べている凛、ゲームに集中して瞬きを忘れている凛、眠そうにあくびをしている凛、そしてあどけない顔でうたた寝をしている凛――。

どの凛もキラキラと輝いて、眩《まぶ》しいほどだ。

（なんて可愛いんだ……）

保存してある何百枚という写真を順番に観賞していくと、実物に会いたくてたまらなくなってくるのも、いつものことだ。たぶん今日もマンションで亮介の帰りを待っているだろうから、残業を二、三時間したとしても、あと五時間ほどで会える。そもそも昨日も会ったのだ。

たとえ家事が不得手《ふえて》でも、そんなことはまったく構わない。亮介のためにと、昨日も夕食のしたくを頑張ってくれていたが、ご飯は柔らかすぎたし、味噌汁《みそしる》は出汁《だし》抜きのうえ辛かった。普通に食べられたのは、買ってきたものを皿に移しただけの刺身と、デパ地下の惣菜《そうざい》売り場産のきんぴらごぼう。「ありがとう。いただきます」と手を合わせた亮介は、凛の気持ちがこもった夕食を、すべてありがたくいただいた。

これでも上達した方だ。凛は亮介が帰国して一人暮らしをはじめた当初から家事をするためにマンションまで通ってきてくれていたが、それはそれは下手《へた》だった。凛は自分の失敗に落ちこんで謝っていたが、亮介はべつに腹が立たなかった。凛に悪気がないことはわかっていたし、家事ができないのは仕方がないことだからだ。

凛の母親はお嬢様育ちで、家政婦がすべてを代行してくれる家庭で育った。現在の椎名家も通いの家政婦を雇っている。そんな家庭で育った凛が、家事万能のはずがない。

けれど凛は諦めずに、この一年ですこしずつできることを増やしていっている。

「凛くんは天使だからな……。こうキュッと抱きしめて、ぐるぐる回りたい」

「おい、感情がダダ漏れだぞ」

「えっ、口に出していたか？」

「ガッツリと」

亮介は慌てて周囲に視線を飛ばし、佐川以外に社員がいないことを確認してホッとする。ノー残業デーに必ず迎えに来る弟を歓迎している時点で、ブラコンの気があることは周知されてしまったが、そのていどでおさめておきたかった。

「たしかに凛くんは可愛いが」

「おまえもそう思うのか？」

ついきつく睨みつけてしまい、佐川が苦笑した。

「なんだよ、たしかに可愛いと思うが、それだけだ。俺にとって、ぬいぐるみを愛《め》でるレベルだな。なにかあったのか？」

「このあいだ、凛くんとピザを食べに行ったんだが、そこで凛くんを変な目で見る男がいて……」

「またか。そのくらい日常《にちじょう》茶飯事《さはんじ》なんだろう。いちいち気にするなよ」

「いや、気にするだろう。そいつが頭の中で凛くんをどうしているのか考えるだけで、ぶん殴りたくなる。粘着質な感じの視線だった。こう、ニヤついた笑みを浮かべていて……」

　これは誇張《こちょう》でもなんでもない。亮介は本気で男からよこしまな波動を感じ、ムカついたのだ。

「凛くんは気にしていないんだろ」

「だからこそ俺が気をつけないとマズい。このところ、本当に凛くんは艶が出てきて、少年から青年への過渡期《かとき》というか、微妙なバランスの上にいる。そこがまたあらたな魅力になっていて、外に出るとさまざまな人の注目を浴びてしまうんだ」

　いまのところ、それでなにも起こっていないが、注意するにこしたことはない。

「おまえ、最近酷《ひど》くなっていないか？」

「……そうかな……」

　そんな気はしていたが、あまり認めたくないことだ。

　佐川との出会いは入社式だ。同期入社で研修期間中はおなじグループだった。当初から妙に馬が合い、友人になった。それでも凛への複雑な感情を打ち明けるほどには深い友情は結んでいなかった。バレたのは、海外赴任していたときだ。

　亮介は四年半にわたって東南アジアの支社を渡り歩いていたが、丸四年が過ぎたころにタイで佐川といっしょになった。連絡は取り合っていたが、ひさしぶりに気の合う同期に会えてタガが外れた。

（あのときの俺は、べろべろに酔っていたんだよな……）


あれは亮介が二十六歳の春だ。凛から告白された夏から一年半がたっていた。

ひさしぶりに会った気の合う同僚に浮かれ、亮介は佐川を誘って飲みに行った。最初はおたがいが関わってきた仕事の話をしていたが、聞き上手の佐川に、亮介はいつのまにか凛のことをアレコレと話していた。完全に酔っていた。

初対面のとき、十三歳の凛がとても可愛く、絶対に兄弟になりたくて父親に再婚をせっついたこと、たった半年間だったが同居生活は楽しかったこと、入社してすぐ海外赴任の打診があり、断れるはずもないのに凛と離れたくなくて迷ったこと、数カ月に一度の帰国のたびに凛の成長が楽しみなこと。

さらに、凛が十六歳のときに告白されたが、そのときはからかわれているだけかと思ってあっさり断ったこと、いまになってからあの告白をもっと真剣に受け止めるべきだったと後悔していること――。滔々《とうとう》と佐川に語ってしまった。

「後悔って、どんな種類の後悔だよ？」

佐川に促されて、亮介は胸の内をぶちまけた。

「あのとき、凛くんはまだ子供だと思っていた。ちょっとした悪戯心《いたずらごころ》か、大人の男への憧れか、好きだとかなんだとか言ってみただけで、深い意味はないんだと思った。そもそも男の子だし、俺はゲイじゃないし、凛くんを弟として可愛がっていたから。でも十六って、それほど子供じゃないよな。もう高校生だ。あとで、自分が十六だったときのことを思い出して、もしかして凛くんは本気で俺に告白したのかもしれないと気づいた。それだけじゃない。凛くんは、異性よりも同性に惹《ひ》かれる性質で、あれはカミングアウトも兼ねていたのかもしれない。そうだとしたら、あの対応はまずかったのかも……」

「真剣に受け止めたとして、それでどうすんだよ」

「……凛くんを、ひとりの人間として扱うことにする、とか？」

「でもそうしたら弟としてはもう扱えなくなるんじゃないか？　おまえ、そうとう猫っ可愛がりしてるだろ」

佐川の指摘に亮介はため息をつく。携帯電話の中に大量に保存されている凛の写真は、すでに披露《ひろう》済みだった。

「告白されてから、弟をはじめてそういう対象として見るようになって、グラついてるってことか？」

「………そういう、ことなのか？」

「質問に質問で返すなよ。おまえの心情なんて、他人の俺がぜんぶわかるわけないだろ」

笑われて、亮介も苦く笑うしかなかった。

あの花火大会の夜まで、凜はたしかに亮介の弟だった。

告白されて、すこしずつなにかが変わっていったのだ。変化を気取《けど》られないように振舞うには神経を使うが、それでも仕事を調整してまとまった休みを作り、数カ月に一度は凜の顔を見るために帰国した。

凜はわがままで甘えん坊だが、それだけではない。大切に育てられたから愛情を受けることも与えることも知っているし、常識とマナーがきちんと身についている。どこに連れていってもだれに会っても正しい挨拶ができる。箸《はし》の上げ下ろしもきれいだし、電車やバスでは必ずお年寄りに席をゆずるし、本当にいい子なのだ。凜の母親は、一見おっとりとしてなにも考えていなさそうに見えるのだが、じつはかなりしっかりと芯がある人だ。父親の再婚相手が彼女でよかったと、本当に思う。

凜の祖母が体調を崩して入院したときは、凜は連日のように見舞いに行き、退院時には花束まで買って、祖母を感激させていたと聞いた。亮介の父親に対しても、父の日と誕生日の贈りものは欠かさない。そうした凜の言動に、他意はない。見返りを求めてのものではないのだ。だからこそ、凜はみんなに愛され、可愛がられているのだろう。

「凛くんがすごくいい子なのは、もうわかったよ」

「俺、いま口に出してた？」

「めっちゃ出してた。もう飲むの、やめたら？」

「いや、もう少し……」

亮介はかなり酔っていることを自覚しながらも、なかば自棄《やけ》になっていて飲まずにはいられなかった。

もし凛をそういう目で見るようになっていてグラついているのだとしたら、きっかけは告白だろうが、それをさらに深めたのは西井歩夢かもしれない。

凛の小学生時代からの友人に会ったのは、前回の帰国時だ。年末から年始にかけて一週間ほど実家に戻った。そのとき、歩夢が椎名家に遊びに来た。

亮介は初対面だったが、凛の母親とは親しげに挨拶していた。凛の友人に会うのははじめてだったので、気に入られようと笑顔で接した。凛と歩夢はすぐに二階に上がり、凛の部屋に入った。亮介は二人の話を立ち聞きするつもりなどなかったのだが、ドアが薄いので通りかかったときに聞こえてしまった。

「今日、ナナミちゃんとデートなんじゃなかったの？」

「なんか、急に親といっしょにお祖母ちゃんちに行かなくなっちゃったとかで、ドタキャン。今年の帰省は親だけの予定だったはずなのに」

「そっか、残念だったね。じゃあナナミちゃん、三箇日《さんがにち》が過ぎるまでずっと戻ってこないってこと？」

「だろうね。あーあ、今年の正月は親が留守のナナミんちでエッチしまくろうと思ってたのになぁ」

歩夢のあからさまなセリフに、なんと凛は「あははは」と笑った。亮介はショックのあまりふらついた。

「歩夢のそういうところが嫌で、ナナミちゃんは逃げたんじゃないの？」

「えーっ、そうかなぁ。でも冬休みの話をしていたときはナナミもノリノリだったんだけど。直前になってから、やっぱりイヤとか言われてもさあ。こっちはその気だったのに。何日もおあずけくらうのはちょっとな……。遊ぶつもりだったからバイトも入れていないし、暇だよ」

「家に帰って大掃除の手伝いでもしたら？」

「それが嫌だから出かける用事を作ったんだってば。凛はいいよな。大掃除なんかしなくていいから」

「うん、まあね。業者任せなのは昔からだし、うちではこれが普通かな」

「凛、慰《なぐさ》めてくれよぅ」

「慰めって具体的にどんな？　欲求不満の解消はできないよ。友達の右手の代わりは勘弁して」

「凛にそこまで求めたら、俺は鬼畜《きちく》以下だろ」

気安いがゆえにきわどい言葉の応酬《おうしゅう》。亮介は立ち去れなくて、耳をそばだててしまっていた。

「シノブちゃんに連絡取ろうかな……」

「えっ、元カノに会うつもり？」

「一回くらいお情けでやらしてくれるかも」

「やめておいたほうがいいよ。ちょっと冷静になろ？　歩夢、そんな男じゃないだろ。ナナミちゃんが悲しむよ」

「いまは俺のチンコが泣いている」

「下品……」

凛がため息をついている。亮介も特大のため息をつきたかったが、部屋の中の二人に立ち聞きがバレてはマズいので噛み殺した。

「そういえば、凛。終業式のあとに音楽室に呼び出されていただろ。三年の先輩に」

「ああ、うん……」

「あれって、やっぱり告白だった？」

「まあね」

えっ、と声を上げそうになってしまい、亮介は自分の手で口を塞いだ。

「で、どうした？」

「どうもこうも……。お断りしたよ」

「えーっ、試しに付き合ってみればいいのに。三年生はもうほとんど学校に来なくなるだろ。付き合ったとしても、だれにもバレないと思うよ？」

「うん、でも……あの先輩のこと、名前くらいしか知らなかったし、やっぱり好きな人と付き合いたいじゃない」

「そんなこと言ってると、どんどんチャンスを逃して、どんどん年取って、童貞処女のまま妖精になっちゃうぞ」

歩夢のふざけた口調に、凛がまた「あははは」と笑った。凛が告白を断ったと知り、亮介はひとまずホッと胸を撫で下ろしたが、歩夢の言葉にひっかかりを覚える。

童貞処女？

性行為の経験がない男を童貞と呼び、おなじように経験がない女は処女と称されるのだが――凛は男だ。童貞はわかるが、処女とは？

もしかして、告白してきた三年生の先輩というのは、男子生徒なのだろうか。

確かめたかったが、不意に部屋の中で足音がしてギクッとした。

「飲み物がなかったね。取ってくるから、待ってて」

凛がドアの方へと歩いてくる。亮介は慌ててドアから離れ、足音を殺しながら隣にある自分の部屋へと急いだ。まさに間一髪《かんいっぱつ》、亮介が自室に入るのと凛が廊下に出てくるのはほぼ同時で、亮介は見つからずにすんだ。

だがたったいま聞いた会話は衝撃的だった。出会ったときの印象が強すぎて、凛を子供だと思っていたが、もう高校二年生、十七歳になっている。歩夢はちょっと進み過ぎだと感じるが、恋人がいて、経験があってもおかしくない。実際、亮介も十七歳の時点で彼女がいた。凛だけがなにもないと思いこむ方がおかしいのだ。

告白を断ったと知って安堵するのは兄としてどうなのだろう。その告白相手の性別を知ってどうするのだろう。兄だからといって、そこまで口を出す権利はない。凛の自由だ。

もやもやとしたまま、亮介は休暇を終えて日本を出国した。

凛と海を隔《へだ》てて離れてみて、よーく考えた。それで、花火大会の告白から、自分の中で微妙な変化が起きていたことに気づいた。

グラついている。まさにそうだ。

この年になるまで、亮介は同性を恋愛対象にしたことはない。中高生のころに年下の男子生徒から手紙をもらったり、バレンタインにチョコレートをもらったりしたが、それ以上に女子生徒たちからアプローチされていたので適度に彼女をつくっていた。

だが思い返せば、そうやって男子生徒から告白されても嫌悪《けんお》感はなかったし、顔を真っ赤にしながら「好きです」と見つめてくる後輩を、可愛いと思うことはあった。経験がないだけで、バイセクシャルなのかもしれない。

だからといって、どうすればいいのか。凛と兄弟であることは変わらない。ずっともやもやしたまま日々を過ごし、とうとう佐川の前で爆発したのだ。

翌朝、喋り過ぎたと後悔している亮介に、佐川は「まあ、なるようにしかならんだろ」とアドバイスにも慰めにもならない言葉を寄越してきた。

その後、亮介は東京本社に異動の辞令がおり、半年遅れで佐川も戻ってきた。社内で、亮介の事情を知っているのは、いまのところ佐川だけだった。


「あ、こんなところで油売ってたんですか、佐川さん」

ひとしきりタイでの回想に浸っていた亮介は、女性社員の声に我に返った。

パンプスの踵をカツカツと鳴らしながら一人の女性社員が廊下を歩いてきて、こちらに近づいてくる。佐川がモバイルを手に、慌てて立ち上がった。

「探しちゃったじゃないですか」

「ごめん、もう戻るよ」

ムッとした顔の女性社員は「すぐに戻ってくださいよ」と厳しい口調で言ったあと、亮介に笑顔で会釈《えしゃく》して去っていった。反射的に亮介も笑顔を返してしまい、佐川が「染みついてるな、王子様面が」と肩を竦《すく》める。

「王子様面ってなんだよ」

「そう言ってる女たちがいるんだよ。俺は教えてやりたいね、その王子様は義理の弟に悶々《もんもん》としたものを抱えていて、写真を眺めてはため息をついてるんだよって」

「喋ってみろ。おまえの恥ずかしい動画をばら撒《ま》いてやるぞ」

「それは消去したんじゃないのか」

「保険として保存してある」

「ひでぇ」

タイで酔っぱらって、ニューハーフといっしょに裸踊りをしている動画があるのだ。

「じゃあな」

ひらひらと手を振りながら背中を向けた佐川を見送り、亮介も空になった紙コップを握りつぶして立ち上がった。ゴミ箱に投げ捨てて、もう一度凛の写真を見る。

義弟《ぎてい》は、やはりどこからどう見ても可愛い。佐川が言うようにため息がこぼれる。

タイで佐川に胸の内を明かした夜から一年半がたっている。亮介が抱える問題はなにも変わっていない。

亮介は携帯電話をポケットにしまい、デスクに戻るためにエレベーターに乗った。

◇

「じゃあ、また明日」

軽い足取りで去っていく歩夢を見送り、凛はカシミアのマフラーを巻きなおした。

夕暮れ時の道を、のろのろと最寄り駅まで歩く。

今日は亮介に会えない。ノー残業デーはまだ先だし、出張があるらしく、準備やら会議やらで数日間は忙しいと聞いている。歩夢は彼女に会いに行ってしまったし、まっすぐ帰宅してもとくにすることはない。こういうとき、凛は暇だ。

「バイトでもしてみようかなー」

ぷらぷらと歩いている途中に見かけたファストフード店のアルバイト募集の張り紙を、ちょっとだけ本気で眺める。凛はアルバイトの経験がない。高校時代は校則で禁止されていたし、大学生になってからも必要だと思ったことがなかった。物欲があまりないうえに、お小遣いをたっぷりもらっているせいだろう。両親も推奨《すいしょう》していない。

「んー……暇つぶしっていう理由でバイトってできるかな?」

労働の対価にお金をもらうわけだから、きっと嫌なこととかつらいことがあるだろう。目的がない自分が、果たして続くだろうかという疑問がある。

「ん?」

ふと視線を感じて振り向いた。大学の知り合いでも通りかかったのかと思ったのだ。

だが数メートル離れたところに立っていたのは、中年の男だった。紺色のダウンジャケットと擦り切れたジーンズを着た男は、凛と目が合うと、眉尻を下げて控えめに笑った。

「あれ、お父さん?」

実の父、杉本壮太《すぎもとそうた》だった。中学校の入学式以来、六年半ぶりの再会だった。

母が再婚するまでは学校行事にマメに顔を出してくれていた杉本の父だが、凛の姓が椎名になってからは遠慮《えんりょ》して姿を見せなくなっていた。それでも誕生日とクリスマスにはプレゼントを送ってくれていて、凛は存在を忘れたことはなかった。ときどき、どうしているのかなと思っても、凛は杉本の現住所や電話番号を知らない。母に聞けば教えてくれるだろうが、なんとなく聞きづらかった。

「わあ、ひさしぶり！　偶然？　それとも会いに来てくれたの？」

笑顔で駆け寄ると、杉本は柔らかく微笑んだ。

「ひさしぶりだね。入学した大学名は聞いていたから、運がよければ会えるかなと思って、来てみた。その、迷惑だったら――」

「迷惑なわけがないよ。会えて、うれしい」

にっこりと笑ってみせた。ホッとしたように緊張を解く杉本はあいかわらず気弱そうで、その昔、愛する妻を手酷く裏切った夫には見えない。だが気が弱いからこそ本音をだれにも打ち明けられず、一人で思い悩み、やってはいけないことをやってしまったのかもしれなかった。

「お父さん、元気そうだね」

しばらく会わなかったら父が老《ふ》けていて驚いたが、それは顔に出さないでおく。

杉本が母との離婚後、あまり経済的に余裕がない暮らしをしていることは、なんとなく察していた。服装や持ち物でそれはわかった。

いま着ている服も、一目で量販店の安価なものだとわかるし、まだ四十代前半のはずなのに、もうすぐ六十歳に手が届く椎名の父よりも肌に艶がなかった。

ただ、かつては美青年だったと言われるだけあって、目鼻立ちは整っているし、身長は平均値くらいはある。足が長くスタイルがいいので、くたびれた安物を着ていても様になっていた。

女子高を卒業したばかりの母は、喫茶店で偶然となりのテーブルに座った杉本に一目惚れをして、やや強引に求愛したそうだ。平凡な家庭に育った平凡なサラリーマンだった父は、中堅会社の社長令嬢の夫になった。

そこまでなら逆玉《ぎゃくたま》の輿《こし》のハッピーな物語だが、父は祖父の会社に転職をさせられ、いきなり幹部候補にされた。求められる業績のプレッシャーと、古参社員たちからの妬《ねた》み嫉《そね》みの視線に押し潰されそうになり、ストレスの捌《は》け口《ぐち》をギャンブルと女に求めたという。

借金と浮気が発覚したとき、母はただ泣いた。激怒した祖父母が弁護士を雇い、あっという間に離婚が成立したと、凛は聞いている。

「お父さん、このあとは時間ある？　もし急いでないんだったら、いっしょにご飯食べない？」

「えっ、でも、里恵子《りえこ》が家で待っているんじゃ……」

「メールを入れておけば大丈夫。もう大学生なんだから、毎晩家でご飯を食べなくても怒られることはないよ。そもそも夕飯のしたくをしているのは母さんじゃないし」

「あいかわらず、家政婦さんがみんなやってくれているんだね」

杉本の苦笑いを横目に、凜は携帯電話を取り出して、手早くメールを送った。杉本の父と食事をすると正直に理由を書いてもよかったが、母が気にしなくても椎名の父が気にするだろうと、歩夢の名前を使わせてもらった。彼女のアキちゃんと三人で食事をすると言えば、母は疑わない。たまにあることだからだ。

すぐに『わかった。遅くならないうちに帰っていらっしゃいね』と返信がある。

「これでOK。さあ、なにを食べに行く？」

「……そこの店でもいいかな？」

杉本が指さしたのは、いま凜がアルバイト募集の張り紙を見ていたファストフード店だった。

べつにここでも悪くはないが、できれば少し遠くへ行きたい。大学に近いので凜を知る学生に見られそうだ。

杉本の風体があやしすぎるから、二人で食事をしていたら不審に思われるかもしれない。憶測まじりの妙なウワサが流れるのは遠慮したい。

それに、杉本がファストフード店を選択したのは、懐《ふところ》事情が理由だろうと、なんとなくわかる。栄養状態があまりよくなさそうな杉本に、凛は美味しいものを食べさせてあげたかった。

「えー…っと、一駅移動した先に、すっごい美味しいモツ鍋の店があるんだけど、そこに行きたいな。栄養たっぷりで、体も温まるし、いま鍋が食べたい気分なんだ。一人で鍋は行きにくいでしょ。お父さんがいっしょに行ってくれると嬉しいな」

「……でも、その……」

「僕が奢るよ。バイト代が出たばかりなんだ。大丈夫！」

「バイト代？　凛、バイトをしているのか？」

お小遣いから奢ると言ったら断られると思って、とっさに嘘をついた。すかさず杉本がそこに食いついてきて、ヤバい、と内心思いながらも笑顔は崩さない。

「うん、ぼちぼちね。いまだって、ほら、この張り紙を見てて、大学に近いし、どうかなーって思ってたんだ」

「凛がバイト……。よく椎名さんが許したね」

「あ、うん、まあ、もう大学生だし?」

えへ、と舌を出して笑ったら、杉本も甘く笑ってくれた。

「じゃあ、今日はお言葉に甘えて奢ってもらおうかな。つぎの機会は絶対にぼくが奢るからね。今日は、ちょっと持ち合わせがなくて」

「うん、いいよ。じゃあ次はお父さんの好きなものを食べに行こう」

凛があっさりと次の約束を口にしたからか、杉本がパアッと明るい表情になった。

たったこれだけのことで生きる力を蘇《よみがえ》らせたような顔になる父が、凛は不憫《ふびん》だった。左手の薬指に指輪はない。母と離婚してから、ときどき恋人はいたようだが再婚はしていないと聞いている。孤独な生活を想像すると、胸がツキンと痛んだ。

一駅くらいの距離だから歩こうか、と肩を並べて歩き出す。

「ねえ、携帯は持ってる?」

「持っているよ」

ほら、とダウンジャケットのポケットから出したのは、塗装《とそう》が剝《は》げるまで使いこんだガラケーだった。うわぉ、と目を丸くしながらも、「アドレス、教えて」と凛も自分の携帯電話を取り出す。電話番号とメールアドレスを交換し、のんびりと歩いて店へ行った。

店に着いてすぐ空いている席に案内され、凛は適当に注文した。奢る立場の凛が選ばないと、杉本はたぶんなかなか決められないだろうと気を遣ってのことだ。

店内は賑わっている。十二月になり、冬の寒さが本格的になってきたせいだろう。客層は二十代の若者から四、五十代のサラリーマンぽい年代まで、さまざまだった。

「凛はこういう店によく来るのか？」

「そんなには来ないよ。ここには、前に歩夢とその彼女と来たことがあって、美味しかったから」

「歩夢くんとは、いまでも仲がいいのか？」

「いいよ。学部はちがうけど、おなじ大学だし、学食や構内のカフェでよくつるんでる。歩夢の彼女も」

「歩夢くんの彼女って、どんな子なんだい？」

「んー…、普通の子。可愛いよ。どっちかというと童顔かな。だから歩夢と二人で並んでいると、ほぼ高校生のカップルだね。彼女は大学近くのアパートで一人暮らししているから、歩夢のやつ、入り浸ってんの」

「へぇ、歩夢くんが彼女の部屋に入り浸りかぁ」

杉本は感心したように頷いている。しばし凛を凝視《ぎょうし》してきた杉本は、「凛は？」と訊ねてきた。なんとなく話の流れから聞かれるだろうと思っていたので、凛は苦笑いする。

「凛は、浮いた話はないのか？」

「ないよ」

「ひとつも？」

「ひとつも」

「モテるだろう」

「好きな人がいるんだ。他の人にモテても意味ない」

「えっ、好きな人がいるのか？」

杉本がギョッとしたところで、店員が熱々の鍋を運んできた。テーブルの中央にあるガスコンロに鍋が置かれる。ぐつぐつと美味しそうな音と匂いを発している鍋に、凛は笑みがこぼれた。

「とりあえず、食べようか」

杉本も空腹だったようで、まずは食べようということになった。しばらく鍋をつついたあと、このまま忘れて話題が変わってくれないかなという凛の希望も空《むな》しく、杉本が蒸し返してきた。

「好きな人って、だれ？」

「だれ、って聞かれて答えるわけないじゃない」

「ぼくの知らない人？」

「……………うん」

杉本は亮介に会ったことがないはずだ。今後も会わないだろうと思うが、だからといって名前なんか出せない。そもそも凛が同性に惹かれる性質だということを、杉本は知らない。

「ねえ、お父さんの近況を聞かせてよ。いまなんの仕事をしているの？」

「配送。いわゆる宅配便」

「へーっ、そうなんだ。なんか最近ニュースで見た。あの業界、大変なんだってね」

ついこのあいだネット通販を利用してアダルトグッズを購入したばかりだ。あれも宅配便がアキちゃんのアパートまで届けてくれた。

「うん、大変は大変だけど、業界全体が人手不足だから、ぼくでも雇ってくれる。なんとか生活できているよ」

「いま一人暮らし？」

頷く杉本だが、なんとなく孤独は感じなかった。だれかいい人がいるのかもしれない。

六年ぶりの再会にいきなり恋人の有無《うむ》を訊ねるのはどうかなと考え、凛は（こんど会ったときに聞こう）と思った。

「えっ、杉本のおじさんに会ったの？」

翌日、大学のカフェで会った歩夢に、凜は昨日のことを報告した。

歩夢は凜の家庭の事情を知っているし、小学生時代に、杉本にも何度か会ったことがある。母の再婚以来、まったく会っていないことも知っていた。

「この大学のことは聞いていて――たぶん母さんが教えたんだと思うけど――運がよければ僕に会えるかと来てみたって言ってた」

「へぇ、何年ぶり？　再婚以来だから、六年？　おじさん、変わってた？」

「ぜんぜん変わってなかった。ちょっと老けたかな…ってくらい。元気そうだった」

「そっか、よかったな」

「うん、よかった」

凜の様子から、杉本との再会が悪いものではなかったと感じたのだろう、おおくを語らなくても歩夢は笑顔になってくれた。

「それでさ、お父さんについて、ひとつ思い出したことがあって……」

「思い出したこと？」

「歩夢は、うちの両親の離婚理由って、知ってたっけ？」

「あー……浮気と借金、ってやつだろ」

歩夢はひょいと肩を竦めて、たぶん意識的に軽い口調で言った。

「そう、それで、ずいぶん前だけど、母さんとお祖母ちゃんが話しているのを聞いちゃったことがあるんだ。お父さんの浮気相手は男女とり交ぜて複数いたとかなんとか」

「えっ、マジで？　男女？」

予想通り、歩夢はもともと大きな目をもっと見開いて仰天《ぎょうてん》した。凛も昨夜、自宅に帰ってから思い出してびっくりした。

「それを聞いたとき、僕はまだ幼稚園の年長くらいで、意味がわかっていなかった。でも子供心にも、変な話だなと思って覚えていたんだろうね。昨日の夜、不意に思い出して、僕も驚いた」

「……マジか……」

歩夢が難しい顔になって「ううぅ」と唸った。友人の父親がバイセクシャルで、男とも浮気をしていたと知ったら、冷静ではいられないのは当然だ。

「まあでも、二人はもう離婚しちゃっているんだし、過去のことだからいまさら騒ぎ立てることじゃないよね」

「それはそうだけど、凛は、よく笑って話せるな」

「これでも思い出してすぐは悩んだよ。ひとを能天気みたいに言わないでくれる?」

「立派な能天気だろうが」

歩夢に眇《すが》めた目で見られたが、凛は「そっちこそ」と言い返した。

「アキちゃんといちゃつくことしか考えていない能天気な大学生のくせに」

「うるせぇ、アキちゃんは可愛いからいいんだよ」

成績は優秀なくせに、歩夢は女の子のことになると思考力が低下してしまう。昔からそこは変わらない。たしかにアキちゃんは可愛いが。

「話が逸れた。戻すよ。僕、お父さんがバイかもしれないってことを、ポジティブに考えることにしたんだ」

「ほう、ポジティブね」

「僕の相談相手にぴったりだよね」

歩夢はハッとした表情をし、「そうか」と手を打った。

「亮介さんのことを相談できるな」

「お父さんと義兄さんは面識がないからちょうどいいと思うんだ。もちろん名前を出さずに、現状だけを話して、アドバイスをもらう。お父さんのことだから、絶対に僕の味方になってくれるだろうし。いままで歩夢にしか話せなかったから、もう一人、人生経験豊富な大人の男の人が相談に乗ってくれたら、いいよね」

「うん、いいと思う」

歩夢に賛同してもらえて、凛はニッコリ笑顔になった。

◇

亮介は腕時計で現在時刻を確認しながら電車を降りた。待ち合わせの時刻まで、あと十五分ほどある。今日はひさしぶりに凛と映画を観に行くことになっていた。

待たせたくないから凛よりも先に待ち合わせ場所に着いておくのは当然だが、あまりにも早く着き過ぎて、それを凛が知ったら気にしてしまうだろう。亮介が導き出したラインが、十五分前だった。

ここのところ土日に凛と出かけることができないでいた。上司のつきあいでゴルフに行ったり、展示会のヘルプを頼まれたり、出張があったりと、カレンダー通りに休日がある凛と合わなくなっていたのだ。

ひさびさに空いた日曜日、亮介は自分から凛を誘った。いつも家事を頑張ってくれるから、そのお礼をしたかった。映画を観たあとは買い物に行くことになっている。冬のボーナスが出たばかりだし、なんでも買ってあげようと思っている亮介だ。

駅の改札口を出ると、目の前の広場に大きなクリスマスツリーが飾られていた。その周辺を待ち合わせ場所にしたのだが、凛はまだ来ていないだろう――と思ったら、いた。白いタートルネックのセーターにネイビーのダッフルコートを着た凛が、携帯電話を片手に立っている。だれかに話しかけられていた。

思わずチッと舌打ちしてしまう。話しかけているのが若い男だったからだ。カーキ色のモッズコートを着てニット帽をかぶった男が、凛に覆いかぶさるようにしてなにかを話している。凛は興味なさそうに視線を遠くに飛ばしていた。今日の凛はいつにも増して可愛い。ナンパされていると見ていいだろう。最近は本当に男だからといって油断はできない。凛くらいビジュアルがよくて、さらにしぐさのひとつひとつに性格のよさまで滲《にじ》み出るような子ならば、なおさらだ。

亮介は急ぎ足で近づいていった。先に凛が気づいた。パッと明るい笑顔になって、縋るような目をする。凛を困らせているナンパ野郎に、亮介はムカついた。

「凛くん、待たせてすまない」

声をかけると、ナンパ男が弾かれたように振り返った。亮介は目を眇めて、正面から男の視線を受け止める。どうしても凛が欲しければ、力ずくで俺から奪っていけよ、といった態度で凛の前に立った。

「俺の弟になにか用ですか?」

「えっ、あの……」

このていどの威嚇《いかく》で腰が引けるようではダメだ。ナンパ男は一歩、下がる。

「だから兄と待ち合わせって言っただろ」

亮介の背中に隠れながらも凛がキャンと吠《ほ》えた。一応、凛は男にお断りの言葉を返したらしい。

「なんでもないです」

ナンパ男はすごすごと引き下がり、逃げるように雑踏にまぎれていった。ホッと息をついて凛を振り返る。

「凛くん、大丈夫だった? なにかされた?」

「ううん、なにも。遊びに行こうって、ちょっとしつこかっただけ」

「何時からここで待っていたんだ。まだ約束の時間まで五分以上もある」

「んー……、二十分くらい前からかな。家にいても暇だったから」

　こんなことなら実家まで迎えに行けばよかった。つぎの機会にはそうしよう、と亮介は心に決める。

　じゃあ行こうか、と映画館へ向かう。すれ違うひとたちが、凛を二度見したり振り返ったりするのが気になったが、いちいち威嚇していてはまっすぐ進めなくなる。

「僕、これが観たい」

　映画館のチケット売り場で凛が指さしたのは、洋画のホラーだった。刺激的なシーンもあるらしく、R15指定がされている。そういえばネットニュースで話題になっていた。凛がホラー映画を観たがるなんて珍しいが、亮介は従うだけだ。

「すごく怖いみたいだけど、大丈夫？」

「うん、大丈夫。歩夢が彼女と観に行って、面白かったんだって」

　チケット売り場で亮介が二人分の支払いをし、中に入る。中央よりもやや後方寄りの席に並んで座ると、照明が落とされた。亮介はすぐ隣にいる凛を意識しながらも画面を向く。

　やがて映画がはじまった。亮介はとくに怖がりではないので、「ふーん」という感じで観ていたのだが、途中からだんだんグロテスクなシーンが増えてきて、凛が心配になってくる。本当に大丈夫かな、無理そうなら中座してもいいんだが――と、隣の席をチラ見しようとしたときだった。肘掛けに乗せていた手に、凛の手が絡まってきた。

（り、凛くん？）

縋りつくように両腕を絡め、なんと指をたがいちがいにして手を繋いでくる。いわゆる恋人繋ぎだ。亮介は映画どころではなくなってきた。凛の手に意識が集中してしまう。どうしてそうなってしまうのか、深く掘り下げて考えたくない。結論はすぐそこにあるかもしれないが、怖かった。ホラー映画よりも怖い。

凛はときどき、ビクッと震えながらも画面に釘づけだ。どうやら中座する気はなさそうで、亮介は腕にしがみついている凛のために微塵も動かないよう、頑張った。凛のてのひらはうっすらと汗をかいていて、それもまた亮介の心を揺さぶる。なぜ揺さぶられるのか、深く掘り下げて——以下略。

二時間の上映時間が終わり、館内が明るくなった。凛はやっと全身の力を抜いて、亮介の腕を離した。

「ごめんなさい。身動きできなかったよね。予想よりも怖かったから……」

「いや、俺は構わないよ」

なんでもないふりをするのは慣れたものだ。だが背中に汗をかいている。気取られないよう、亮介は凛をエスコートするように映画館を出た。

その後は予定通りに買い物に行く。凛にはお目当てのショップがあるようで、そこについていった。カジュアルではあるがストリート系ではなく、大学生らしいラインナップのセレクトショップに入っていく凛に、さすが品がある選択だと感心した。

凛は父の家族カードを持たされている。普段の買い物は母親からもらっている小遣いの現金と、そのカードだ。だが今日は凛に一銭《いっせん》も出させるつもりがないので、亮介は凛が選んだ服の支払いをすべて引き受けた。

「義兄さん、本当に買ってもらっていいの？」

「ちょっと早いが、クリスマスプレゼントだ」

「そう言いながら、イブになったらまたなにかくれるんでしょう？」

「さあ？」

亮介が笑うと、凛も笑う。ショップの店員に「仲がいいですね」と言われて、亮介は気分がよかった。このあともぶらぶらすることを考慮して、買ったものはすべて宅配で送ってもらうことにした。

ショップの外に出ると、日が暮れていた。冬の日は短い。まだ夕食の時間には早かったので、通りを飾るイルミネーションを見物しに行くことにした。日曜日だからか、クリスマスのムードを盛り上げるきらびやかなイルミネーションを見るために、たくさんの人がいた。親子連れも、男女のカップルも。

「はぐれないように、手を繋いだ方がいいかな？」

亮介が提案すると、凜は素直に手を差し出した。映画館の中でずっと握っていた手だ。外でも堂々と手を繋ぐことができるのは、兄弟だから、なんらやましいことはないという言い訳がまかり通るからだ。

すこし座りたいと思ったが、ベンチはどこも満席で、ちょっとした段差もすべて埋まっている。街路樹の下で立ち止まり、しばらく無言で電飾を眺めた。

「ねぇ、義兄さん」

「なに？」

「来週のノー残業デーのことだけど。次の日が祝日なの、知ってた？」

「ああ、そういえばそうだな」

「その祝日、なにか用事ある？」

「いまのところは、ない……かな。展示会の助っ人の声はかかっていないし、ゴルフも誘われていないし、休日出勤をするほどの案件もないし、出張もはいっていないはず」

「だったら、ノー残業デーの夜、いつもみたいに外でご飯を食べて、そのあと、ひさしぶりに義兄さんの部屋に泊まりたいな」

「えっ？」

あまりにもびっくりして、繋いでいた手を離してしまった。

凛を部屋に泊めたのは、一人暮らしをはじめた四月からいままでの八カ月のあいだに、一回しかない。客用の寝具がないし、置いておくスペースもない。最初から人を泊めることを想定して選んだ賃貸物件ではなかった。

凛をソファで寝かせるわけにはいかないのでベッドを提供し、亮介はソファで寝た。三人掛けの長いソファだが長身の亮介には小さく、盛大に足がはみ出た状態で寝ることとなった。凛はそれが申し訳なかったようで、翌朝よく眠れなかったと赤い目をしていた。

凛の安眠のために客用の寝具を揃え、スペースを確保することもできなくはなかったが、そこまでしてはいけないように思い、亮介は寝具を買い足していない。

「ダメかな？」

「いや、ダメじゃないが、布団がない」

「義兄さんのベッドで、いっしょに寝るのはどう？」

無邪気《むじゃき》な笑顔で、最終兵器並みの威力がある提案をしてきた。それだけはやっちゃいけないだろう、と自制心を働かせて選択肢に入れなかったのに。

だが断る理由が見つからない。その日、用事はないと言ってしまったし、この真冬にどちらかがソファで寝るのは避けたほうがいい。確実に風邪《かぜ》をひきそうだ。

「いいよ。おいで」

なぜか、つるっとお泊りを許可する言葉が口から出ていた。いいのか？　マズいんじゃないのか？　と即座に後悔が湧いたが、「嬉しい！」と飛び跳ねた凛の笑顔になにも言えなくなる。

「わーい、ひさしぶりのお泊りだー」

凛はその場でくるりと回り、亮介にしか見えない鱗粉《りんぷん》をきらきらと振り撒いた。

こんなに喜ぶほど泊まりに来たかったのなら、自分からもっと早く誘えばよかった、と亮介はほんの三秒前の後悔を、あっさり忘れた。

◇

お泊りの約束をとりつけることができて、凛はご機嫌で映画デートから帰宅した。

「ただいまー」

ほとんどスキップするように足取り軽く廊下を歩いていくと、開け放してあるリビングのドアから両親がソファに座っているのが見えた。仲良くテレビ鑑賞をしている。

「お帰りなさい。亮介さんとの映画はどうだった?」

振り向いた母親に聞かれて、「楽しかったよ」と無難に答える。

「映画はなにを観たの?」

「洋画のホラー」

「あら、そんなの観たの?　ほかになにかやっていなかったの?」

「ホラーが観たかったからいいんだよ」

歩夢に面白かったという感想を聞いたのは本当だ。ただ凛はホラー映画はあまり観ない。だが怖い映画を観ながらだったら、亮介に縋りついてもいいだろうとあざといことを考えてみたのだ。思惑通り、亮介は凛が腕に縋りつくようにしても、恋人繋ぎをしても拒まなかった。ひさしぶりに亮介にくっつくことができて、幸せだった。

我ながら名案を思いついたものだ。

しかも来週はお泊り。ホラーのDVDを借りて持っていこうか。夜中に映画鑑賞しながら亮介にくっついたら、なにか間違いが起こったりして——。

(義兄さんのことだから、万が一でも間違いなんかないと思うけど、やってみようかな)

亮介は理性的な男だから、ちょっとやそっとじゃ生真面目な精神性をぐらつかせることはできそうにない。だが、たぶんダメだろうと最初からあきらめていたらなにもはじまらないのだ。

(僕は挑戦者だ)

二階にある自分の部屋に上がり、ドアの鍵をしっかり閉めると、クローゼットの中に隠してあるアダルトグッズを出した。ディルドは結局、怖くて使っていない。やはり初心者には太すぎるのだ。だからローションだけ自慰行為のときに使用していた。ぬるぬるして気持ちいい。

凛は帰宅そうそう、自慰のために準備をはじめた。亮介の手の感触が消える前に、自分の欲求不満をすこしでも発散してあげたかったのだ。

パンツを下着ごと脱いで、熱くなりはじめている性器にローションを垂らす。自分の手で扱きながら、亮介を思い出した。

(義兄さん……、ちがう、亮介さん……)

いつか義兄《ぎけい》を名前で呼びたい。キスしたい。抱きしめてもらいたい。そして——体を繋げてみたい。

無邪気なふりをして体を狙っているなんて知ったら、亮介は凛を軽蔑《けいべつ》するだろうか。

そんな凛は義弟じゃないと、絶交されるかもしれない。

いつか——なんて、永遠に来ないかもしれない。

でも、凛は一パーセントでも可能性があるなら、精一杯の努力をしつつ、そのときを待ちたかった。

「あっ……ん…………」

声が漏れないように、ぐっと唇を噛む。刹那《せつな》的な快感のあとには虚《むな》しさしかないとわかっていても、十九歳の凛にはこれしかできることはなかった。

◇

「あの、椎名さん」

背後から声をかけられて、亮介は「はい？」と振り返った。おなじフロアの女性社員が二人、立っている。なにかと食事の誘いをかけてくれる女性たちだが、仕事で繋がりはない。誘いにはなかなか応じられず、過去にたった一度だけランチを共にしたことがあるくらいだった。二人の用件はわかっている。今日はノー残業デーだ。

「なにか用？」

「今日、ノー残業デーですけど、なにか予定がありますか？」

「あるよ」

凛が泊まりに来る日だ。きっちり定時で仕事を終わらせるべく、精力的にあれこれと片付けているところだった。

「もしかして、また弟さん…ですか？」

「そう、弟が迎えに来るはず。約束しているから。今夜はなにを食べに行こうかな」

「たまには私たちと飲みに行ってくださいよ」

「そうだね、機会があればね」

まったくその気がない棒読みで社交辞令を口にし、亮介は凛のことだけで頭をいっぱいにさせた。今夜は凛が亮介の部屋に泊まる。しかもひとつのベッドで眠るのだ。楽しみでもあり、すこし恐ろしくもある。

（なにも起きないさ。起きたら困る）

平常心を保て、と自分自身に言い聞かせ、亮介はＰＣに向きなおる。しばらくして女性社員たちのことを思い出し、振り返ってみたがだれもいなかった。それぞれの部署に戻ったのだろう、と気にしないことにして、自分の仕事に没頭《ぼっとう》した。

「あれ？　ちょっと片付いているね」

いつもより片付いている部屋を、凛がくるりと見回す。毎日のようにこの部屋に来ている凛には、さんざん散らかった部屋を見られてきたが、なんとなく昨日は掃除をしてしまった。

凛は途中のコンビニで買ってきたものを冷蔵庫に入れると、リビングのソファに座り、リモコンでテレビをつけた。

「なにか飲むか？」

カウンター式になっているキッチンから凛に声をかけると、「いつもの」とオーダーが入る。そう言うだろうと思って、低温殺菌の牛乳を買っておいた。

「ＯＫ」

亮介は凛用に置いてあるカフェオレボウルを棚から出した。丁寧にコーヒーを淹れ、温めた牛乳とともにボウルに注ぐ。自分のコーヒーも淹れてリビングへ持っていくと、凛が「ありがとう」と笑顔を向けてくれた。やはり可愛い。

「明日の朝は僕がコーヒーを淹れるね」

「それは楽しみだ」

二人でソファに並んで座り、洋画のＤＶＤを鑑賞した。凛は何枚もホラー映画を借りてきていて、このあいだの映画館のときのように、手を繋いで観た。

一本観たところで、凛が夜食を作ると言い出した。

「なにを作ってくれるんだ？」

「キムチと豆腐《とうふ》でスープを作る」

それで途中に寄ったコンビニで豆腐を買っていたのか、と亮介は腑に落ちた。てっきり明日の朝の味噌汁にでも入れるのかと思っていた。キムチは亮介が好きなので、冷蔵庫に常備されている。

キムチと豆腐で作るスープなんて、想像しただけで体が温まりそうだ。だが――。

「……できるのか？」

ちょっと心配でついそう言ってしまったら、凛が「大丈夫」と胸を張る。

「レシピは完璧だから」

いつもレシピだけは完璧な凛だ。携帯電話を横に置き、そこに表示させたレシピを見ながら、凛が調理を開始した。なんとなく、亮介はカウンター越しにキッチンを眺められるところに立つ。

凛がまな板の上に豆腐パックを置いた。そっと表面のフィルムを剥がし、ぷるぷるの豆腐をまな板に置こうとして……。

「ああっ」

豆腐はなぜだかまな板ではなくシンクに転がり落ちた。絹豆腐だったのでぐしゃりと形が崩れる。凛が泣きそうな顔で亮介を見たので、苦笑しながらキッチンに入った。ボールに崩れた豆腐を入れて水で洗う。

「このまま使えばいいよ。スープだろ？　多少、形が崩れていても味は変わらないから」

「……でも四角に切りたかった……」

凛はピンク色の唇をツンと尖らせながら、小さめの鍋をガスコンロの上に置いた。計量カップで慎重に水を三カップ入れ、そこに鶏がらスープの素《もと》を計量スプーンできっちり投入。ここまでで、すでに十分はかかっている。スープが完成するのはいつだろう。手と口を出したいのはやまやまだが、それをやってしまうと凛のヤル気が萎《な》えてしまう。

それに、一生懸命に取り組んでいる凛は微笑ましくて、眺めていても飽きない。いつでも助け舟を出せるように、亮介は待機しているだけだ。

鍋の中身を沸騰《ふっとう》させて、凛はキムチと豆腐を入れた。

「熱っ」

滴《しずく》が跳ねたのだろう、凛が手を押さえる。亮介は素早く、その手を取ってシンクに引っ張った。勢いよく水を出して流水にさらす。

「痕《あと》が残らなきゃいいが……」

きれいな手に火傷の痕が残ったら、本人が気にしなくても亮介が嫌だ。

「ちょっと跳ねただけだから、大丈夫だよ。もう、そろそろいいんじゃないかな」

「いや、まだだ」

「でも感覚がなくなってきたよ……」

「もう少し」

凛がちらりと上目遣いで亮介を見てくる。困ったな、という色を浮かべた目だ。けれどすぐに目元がぼんやりと赤くなってきて、視線を逸らされた。照れているのだろうか。

（……可愛いな……）

伏せたまつげの長さに見惚れそうになったところで、鍋が吹きこぼれた。

「あっ！　大変！」

ぶくぶくと大量の泡が鍋から溢れる。オロオロしているだけの凛を押しのけて、亮介が火を止めた。スープの量がかなり減ってしまったが、食べられなくなったわけではない。

「これからどうするんだ？」

「えと、片栗粉《かたくりこ》でとろみをつける…らしい」

「ＯＫ」

あと一工程だけならもうやってしまおう、と亮介は計量カップで水溶き片栗粉を作って鍋に入れた。ちょっと火にかけてから完成だ。

お椀によそってリビングに持っていき、二人で並んで食べた。

「美味しい。上手にできたじゃないか」

「そう？　よかった」

凛が嬉しそうに笑うので、亮介も嬉しい。スープは工程が簡単だったせいか、ちゃんとできていた。凛の火傷もたいしたことがなくて、ホッとした。

目が合うと、凛がはにかむように笑う。こんなひとときが、亮介は一番好きだ。

スープで体を温め、お腹を満たしてから、もう一本、ＤＶＤを観た。そのあとは、交代で風呂を使う。凛を先に入らせ、そのあいだにベッドをチェックした。今朝、いつもより早起きして、出勤前にシーツと枕カバーを交換し、丁寧にベッドメイクしておいたのできれいだ。とくに凛に見られても困るものはないのだが、なんだか落ち着かないので部屋の中を確認して回った。

凛と入れ替わりに亮介も風呂に入る。洗面所でパジャマを着、短い廊下を歩いてリビングのドアを開けようとしたとき、中から凛の話し声が聞こえてきてドアノブに伸ばした手を止めた。凛は携帯電話でだれかと話をしているようだ。

亮介の部屋に来ているときに、凛が電話をしたのははじめてだ。いつも電源を切っていた。亮介は驚いて、つい盗み聞きのようなことをしてしまった。二度目だ。特技が盗み聞きというわけではない。

「うん、うん、僕も、このあいだは楽しかった。美味しかったね。こんどはなにを食べに行く？　僕はなんでもいいよ。奢ってくれるんでしょう？」

凛が甘い声を出していることに茫然とする。電話の相手はいったいだれだ。話の内容から、歩夢ではないことがわかる。幼馴染みの歩夢は対等な立場なのでこんな話し方をしないだろうし、電話の相手には食事を奢ってもらうことになっているらしい。凛の周囲で奢ってくれるような人といったら、大学の関係者だろうか？　それも年上の。ひとつ、ふたつ上の先輩ではなく、もっと大人の講師とか教授とか？

「行きつけのお店ってないの？　大丈夫だよ、僕はどこでも平気。あははは、おじさんばっかりの店？　えー、逆に興味が湧くよ。安くて美味しいなら最高じゃない。決めた、こんどはそこにしよう。絶対に連れていってね？」

内容もさることながら、凛が楽しそうに喋っているので、亮介は衝撃を受けた。

凛には、自分以外にも食事を奢ってくれて、楽しく喋れる相手がいたのだ。凛はどこのサークルにも入っていないし、アルバイトもしていない。交友関係が狭く、遊び相手は歩夢くらいだろうと思っていた。

「うん、じゃあね、おやすみなさい」

通話が終了したらしく、テレビの音声が大きくなった。

いつまでも廊下に立っているわけにもいかず、亮介は深呼吸してからドアを開け、リビングに入った。

「義兄さん、お帰り。今日は長かったね」

凛にからかわれたが、風呂自体はさっさと済ませていた、とは言えない。

平静を装いつつ、水を飲むためにキッチンへ行く。カウンター越しに、リビングのローテーブルを見た。凛の携帯電話が無造作《むぞうさ》に置かれている。通話履歴《りれき》を調べれば、相手がだれだかわかるだろうか。

(いや、そんなことをしてはダメだ。凛くんにだってプライベートというものがある。俺が勝手に情報を盗み見たら、それは犯罪だ)

コップ一杯の水を飲んでからソファまで行き、凛の横に座った。凛の様子にはどこもおかしなところはない。亮介に内緒の相手と、後ろめたい会話をしていた雰囲気はなかった。ここで、だれと話をしていたのかと聞いても、凜は答えてくれるだろうか。

隠しておきたい相手でなければ、きっとあっさり教えてくれるだろう。だがもし、教えてもらえなかったら——。

想像するだけで背筋がゾッとした。凜のプライベートがどうなっているのか、にわかに気になりはじめる。

「り、凜くん」

「なに？」

「……大学の方は、順調？」

「まあまあ順調だよ。この分だと留年はなさそうだし。無事に二年生になれたらお祝いしてくれる？」

上目遣いでおねだりされて、まるでご機嫌取りのように亮介はこくこくと何度も頷いていた。

「それはもちろん。なにか欲しいものがあるのか？」

「欲しいもの？　特にないけど、僕は義兄さんともっといっしょにいたいな。またお泊りしてもいい？」

「いい、いいよ、もちろんいいよ」

「嬉しい」

可憐《かれん》な花のように笑う凜の肩を抱き、洗い立ての髪にそっと頬ずりした。すると凜も腕を伸ばして胴体に抱きついてきた。

「義兄さん」

同じ性を持つ人間とは思えないほどの華奢《きゃしゃ》な体は、ものすごく軽くて柔らかい。もちろん女性の体とはちがうが、男でもない抱き心地が神秘的で愛《いと》しさをかきたてた。

胸の隅に、トゲのように電話の相手のことが刺さっていたが、亮介はとりあえず目の前にいる凜の笑顔だけを見つめて、あまり考えすぎないことにした。

◇

あらかじめ杉本に言われていた通り、案内された店は中年以降の男ばかりが客層の大衆的な居酒屋だった。当然のように禁煙ではなく、分煙もされておらず、すぐ隣のテーブル

でタバコをぷかぷかとふかしている髭面《ひげづら》の男たちに目を丸くした。

「あ、ごめん、服がタバコ臭くなっちゃうかな。やっぱりちがう店に……」

腰を下ろしたばかりの椅子から尻を浮かせた杉本を制止し、凛は苦笑した。

「いいよ、ここで。あとで消臭スプレーでも使えばいいから。食事は美味しいんでしょう？　お父さんのおススメはなに？」

テーブルに立てかけられていたメニュー表は油でぬるついていたが、杉本が気にするだろうからと、凛は笑顔を崩さなかった。

今夜は実の父との交流をさらに深めるのが目的だ。杉本をいい気分にさせて、できれば少し酔わせて、同性と付き合ったときのことを詳しく聞きたい。さらに、できれば連れていってもらいたいところがあった。

凛はテーブルの向かい側で里芋の煮っ転がしを食べている杉本を見遣る。直球で聞いても、そう簡単には答えてくれないだろう。凛は「お父さん、お酒は飲まないの？」と、さりげなくアルコールのメニューを広げた。

「えっ、酒はちょっと……」

「お父さんって飲めない人だったっけ？」

「いや、人並みには飲むが、未成年の息子の前で自分だけ飲むのは……」

「気にしなくていいよ。ほら、いろいろ揃っているみたいだ。なにがいい？　ビール？　日本酒？　焼酎《しょうちゅう》？」

杉本は誘惑に負けてメニューに見入った。結局、日本酒を一合だけ飲んだ。注文した料理をあらかた胃におさめ、酒もなくなったころ、杉本はほろ酔い加減でへらへらと笑いはじめた。気分がよさそうなので、ミッション開始。

「ねえ、お父さん、聞きたいことがあるんだけど」

「うん、なんだい？」

「お父さんって、モテるでしょう」

「ぼくが？　モテないよ。貧乏だし、もういい年だし」

「若かったころは？　美青年だったって聞いたよ。モテたんじゃない？」

「んー……まあ、それなりに、モテた……かな。わりとナンパはされたよ」

へへへ、と杉本は頬を染めて笑う。

「お父さんって僕から見ても格好いいから、男にもモテた？」

「えー？　んー…」

杉本は一瞬だけ首を捻ったが、凛がにこにこと笑っているから酒の席の軽口《かるくち》だと思ったのだろう、あははと声を立てて笑いながら「まあね」と認めた。

「すごいなぁ。付き合ったこともあるんだ？」

「え、え、え？　付き合ったって、いま言った？　言ったのかな……」

「言ったよ。どんな付き合い方をしたのか聞きたいな」

トロンと酔った目をした杉本は、凛が上目遣いでおねだりするように頼むと、「困ったな」とぜんぜん困っていない様子で頭を掻く。

「ぼくが男と付き合った話なんて、面白くないよ」

「面白いかどうかは聞いた方が決めるんだよ。ほら、どういう人だったのか教えて」

「えー……と、その、頼りがいがありそうな、年上の人だったよ」

マジで、と凛は内心驚いた。もしかして父はネコか。

「どこで知り合ったの？」

「バーで」

「どんなふうにして付き合うことになった？　なれそめを教えてよ。ね？　触りだけでいいから」

しつこく頼んだら、杉本はぽつぽつと語りはじめた。

「ひとりで飲んでいたら、声をかけられて。パリッとしたスーツを着た、すごくダンディな人だった。なんか、ものすごく聞き上手な人で、ぼくはそのときの悩みとか不満とかをぐちぐちと酔いながら喋っちゃったんだけど、ずっと横で聞いててくれて……」

杉本はぼうっと遠い目になった。そのときのことでも思い出しているのだろうか。

「気が付いたら――」

「ホテルだった？」

「いや、自宅に帰ってた」

ガクッと凛はつんのめりそうになった。なんだこれは、コントか。

「でもポケットに名刺が入ってて、翌日、電話をしたんだ。どうやって帰ったか覚えていなかったから、迷惑をかけたんじゃないかと思って、お詫びをしたくて。そうしたら、やっぱりバーとタクシーの料金を負担してくれてた。お金を返すから、もう一度会ってほしいってお願いして、まあ、それから何度も会うようになって……」

まるで普通の男女のような出会いだ。

「それで深い仲になっていったってこと？」

「ああ、うん、まあ……」

酔いでほんのり赤かった顔をさらに真っ赤にして、杉本は俯《うつむ》いてしまう。

ここまできたら、とことん聞いてやれと思い、凛はさらに突っ込んだ。

「お父さんは、抱かれたわけ？」

「り、凛っ、なんてことを……！」

両手で口を覆って涙目になった杉本のしぐさは、ほぼオネェだ。

（この人、バイなんじゃなくて、ゲイ……？）

疑惑が湧いてくる。ゲイであることを隠し、逆玉の輿を狙って母と結婚できるほどの度胸はないだろうから、妻帯した時点では目覚めていなかっただけなのではないだろうか。だから慣れない生活とあいまって、多大なストレスを感じたのでは。

（いまさらだから、そのへんのことはどうでもいいかな）

とりあえず杉本の性的な問題は横に置いておく。

「アナルセックスって、経験ある？」

飲食店で持ち出してもいい話題ではないとわかっているので、凛は声を潜めた。杉本がおろおろと視線をさ迷わせて落ち着かなくなる。

「ねえ、ある？　ない？　あるなら、どんなふうにするのか聞きたいんだけど」

「ど、どうして聞きたいんだ？」

「興味があるから」

「ええっ、興味？　ダメだよ、ダメ」

「なにが？　準備さえしっかりやれば、危険もないし快感も得られるってネットに――」

「凛、凛、と、とととりあえず、出ようか」

「出たら、答えてね」

杉本が逃げないように手を繋いで席を立つ。出入り口横のレジで会計しているあいだにも、凛は杉本のダウンジャケットの裾《すそ》を摘まんでいた。

外に出ると、夜道には会社帰りのサラリーマンとか飲んだくれている学生たちがそこここにいる。忘年会のシーズンだ。いま食事をした居酒屋の奥にも宴会用の座敷《ざしき》でもあるらしく、スーツ姿の団体客がぞろぞろと入っていくのを見た。

「さて、話の続きをしたいな」

マフラーを首に巻き、杉本を見上げる。杉本はすこし酔いが醒めてきたようだ。半分くらいまともな目に戻ってきている。

「凛……いま付き合っている女の子がいるのか？　もしその子とするつもりなら、きちんと同意を得てからでないと……」

「さっき言ったじゃない。彼女はいないって」

「じゃあ、どうして……」

杉本は一人息子の過激な質問に動揺している。どうして、なんて愚問《ぐもん》だ。察してくれればいいのに、杉本は凛の口から言わせたいのか。

ちらりと横目で杉本を見上げると、まだ頬を酔いに火照《ほて》らせているが、心配そうな目で自分を見つめている。凛に対してはいつも正直でいてくれる父だ。カミングアウトしてもいいかな、と思いはじめた。

「……驚かないでほしいんだけど」

「もうじゅうぶん驚いているよ。さらに、なに？」

「僕、女の子を好きになったことがないんだ」

「え………」

愕然とした杉本に、通りすがりの人が軽くぶつかった。たいした衝撃ではなかったはずなのに、杉本はぐらりと体を傾けて倒れそうになってしまう。凛は慌てて支えた。

「お父さん、しっかり！」

「ああ、ああ……」

歩道に植えられた街路樹のあいだに石のベンチが置かれていたので、そこに杉本を座らせる。

「大丈夫？」

顔を覗きこむと、杉本は泣きそうになっていた。

「それ、本当なのか？」

「本当だよ。だから経験がありそうなお父さんにいろいろと聞きたかったの」

「ああっ、なんてことだ、ぼくに似てしまったのかなっ」

「こういうことは遺伝しないと思う……」

やっぱりびっくりするよね、と凛は肩を竦めた。同性との経験がある杉本ですらこれほどのショックを受けるわけだから、椎名の父と母にはまだカミングアウトする勇気は出ない。驚かれるだけならいいが、非難されたり人間性を否定されたりしたらつらいからだ。

椎名の父は企業の経営者だから、公《おおやけ》の場で社員の個性を否定するような言動はしていないだろうが、家庭でどんな反応をするのかわからなかった。親子になって六年。いままで父親として一人の大人の男として、お手本のような態度を見せてくれていた椎名のことだから、まさか凛を罵倒《ばとう》するようなことはないだろうが――。

（バレるとしても、せめて二十歳《はたち》を過ぎてからがいいな）

未成年のあいだは、なにかと制限が多い。世間的にも大人になってからの方が、もし受け入れてもらえなかった場合は動きやすいだろう。たとえば独立するとか。

「お父さん、遺伝じゃないから、気にしないでね」

「……ということは、凛がいま好きなのは、男なのか？」

「うん、そう」

杉本はがくりと項垂《うなだ》れた。もしかしたら一人息子がいつか可愛い女の子と結婚して可愛い孫が生まれたら、一目でいいから会いたいとか抱っこしたいだとか、そういうドリームでも抱いていたクチだろうか。

「だから、やり方の基本的なことだけでいいから、教えてよ」

「教えるったって……」

「僕さ、自分であそこを慣らそうと思って通販でグッズを買ってみたんだけど、まだ試してなくて。やっぱりいきなり大きなものにチャレンジするより、小さいものの方がいいよね？」

「グッズを買った？」

杉本は驚愕している。まさかそこまで凛が本気だとは思っていなかったらしい。普通、ただの興味本位でそこまではしないから、凛が大真面目に聞きたがっていることを察したようだ。

「どんなものを買ったんだ？　それはちゃんとしたものなのか？」

「ネットの通販で買ったんだけど——」

凛は事細かに説明して、アドバイスを求めた。

「ああ、なるほど、サイズ感ね……。通販の落とし穴だよ、それは。写真だけじゃわからないことが多いから。ローションも、ものによって感触がちがうんだよね」

「お父さんのおススメって、どこのメーカーの？」

杉本はなにかを言いかけて、ハッとしたように周囲を見回した。公道だ。しかも飲食店が並ぶ通りなので、夜でも人通りはそこそこ多い。

「こんなところで話せないな。かといって、喫茶店に入るのも、会話がほかの客に聞かれたら困るし――」

「お父さんはグッズを持ってる？　見せてよ」

「ええっ、そんなの見せられるわけないだろうっ」

杉本はギョッとしてベンチから腰を浮かせた。持っていないとは言わなかったので、自宅にあるのだろう。

「じゃあいっそのこと、そういう店に連れていってよ」

「は？」

カチンと固まった杉本の腕を引き、立ち上がらせる。

「ほら、通販サイトの写真だとわからないサイズ感の問題。実物を見ながら選べば簡単だよね。店員さんの意見も聞けるし、お父さんの経験に基づく感想とか、いろいろ参考にしながら選べたらいいんじゃない？」

「り、凛、ちょっと待て、落ち着けっ」

「僕はもう十九歳だから大丈夫。顔が顔だから、年齢確認したいって言われるかもしれないけど、保護者同伴なら、とくに問題じゃないよね？」

「問題だらけだろうっ」

動揺するあまりたいして抵抗できないでいる杉本を引っ張り、凛は急いで流しのタクシーを止めた。杉本を先に押しこみ、自分もすかさず乗りこむ。

「とりあえず新宿方面にお願いします」

運転手に告げて、茫然としている杉本に微笑みかける。

「新宿に行けば、そういう店はあるよね？」

ニコッと最高の笑顔を作っておいて、携帯電話でアダルトグッズのリアル店舗の検索をはじめた。やはり新宿でヒットする。

「り、凛……、君はいつのまにこんな悪い子に……」

「ひどいな。悪い子って言わないでよ、お父さん。僕は悪い子じゃないよ。本当に悪い子は隠れてこういうことをする子でしょ？　僕、お父さんに隠していないじゃない。だから悪い子じゃありません」

「あ、え………、そうかな………」

「そうなんです」

　きっぱりはっきりと言い切ったら、杉本は混乱したように首を傾げている。なので、手を繋ぎ、きゅっと力を入れた。

「お父さん、こんなことを話せるのはお父さんだけだよ。会えてよかった。一人で悩んでいたんだ。これからも、相談相手になってね」

「う、うん……」

　弱々しい笑みとともに、杉本からも手が握り返された。凜はさらに両手で杉本の手をくるむようにする。するとそれに力づけられたのか、杉本の笑みが深くなった。

「ぼくは、凜の味方だよ」

「ありがとう」

　しばし見つめ合う二人の様子を、タクシーの運転手が怪訝《けげん》そうにバックミラーで窺っていたが、そんなことは凜にとって些末なことだった。

◇

今夜は凛に会えない。それだけで憂鬱《ゆううつ》になる。

用事ができたから部屋には行けない、とメールが来たのは昨日だ。どんな用事なのか、根掘《ねほ》り葉掘《はほ》り聞きそうになってしまい、自制した。凛にも付き合いがあるのだろう。

凛が部屋に来られないのなら急いで帰る必要はない。上司の誘いに、亮介は乗った。いまタクシーで上司と移動中だ。

(お泊り、楽しかったな……)

祝日を利用したお泊りは、とても充実したものになった。やはり凛はどの角度から見ても可愛いし、なにをしていても可愛いし、抱っこしてぐるぐる回したいくらいに愛おしい存在だ。

寝る前に『食事の約束をした電話の相手はだれだ』という問題が急浮上してきた。おかげで特筆すべき出来事はなにもなく、平和な夜を過ごすことができた。

翌朝は、二人でキッチンに立ち、お喋りしながら朝食の用意をした。二人で作った朝食を二人で食べる——。幸せだと思った。また泊まりに来てほしい。

「君が私の下に来てくれて、本当によかった」

上司は上機嫌で喋っている。この上司とは相性がよく、同僚たちともなんらトラブルはない。順調な会社員生活だ。

「君は誘ってもなかなか応じてくれないと、みんな嘆《なげ》いていたぞ」

「それは、すみません。私にもいろいろと事情がありまして」

「聞いている。年の離れた弟さんがいるんだって？　週に何度か会社の前まで迎えに来るらしいな。あまり邪険にできないのはわかる。難しい年頃なんだろう？　すごい美少年だという話だが、テレビに出ているアイドルみたいにきれいな顔をしているのか？」

「はい、それはもうすごくきれいです」

ついうっかり正直に頷いたら、上司は一瞬だけ驚き、すぐに声をたてて笑った。

「本当にブラコンなんだな！」

わははは、と笑う上司に、そんなに笑わなくてもいいだろうと内心ムッとしつつ視線を外へと流す。

「えっ？」

路肩にとまったタクシーから、噂の凛が降りているのが見えた。続いて男が降りてくる。ダウンジャケットを着た男に見覚えはない。大学の友達ではないだろう。すらりとしているが、中年のようだ。

（だれだ？　どうしてここに？）

場所は新宿の歌舞伎町近く。凛がこの界隈《かいわい》で遊ぶなんて聞いたことがない。ましてや親しくしている歩夢ではなく、中年の男と二人で。パッと見、あたりには全国チェーンの飲食店やカラオケ店が多いが、バーやクラブ、風俗まがいの看板も目に付く。

衝撃を受けているあいだに、亮介が乗ったタクシーはするっと現場を通り過ぎてしまった。あっという間に凛の姿が後ろに流れ、小さくなっていく。

「と、停めてくださいっ」

「えっ、どうしたんだい、椎名君？」

「停めてください！」

再度叫んだ亮介の声に、慌ててタクシーの運転手が左側に寄せて停車してくれた。「椎名君？」と上司が制止するのを無視して、急いでタクシーを降りる。だが凛がいたあたりは、すでに数十メートルも後方で、姿は見えない。歩道を行く人たちをかきわけて走ったが、やはり見つけられなかった。

「どこへ行った？　こっちか？」

すぐにどこかの店に入ったなら見つからないのは当然だが、そうでないなら脇道を歩いているかもしれない。手近な路地に入った亮介はギョッと足を止めた。

そこには『ＳＥＸ　ＳＨＯＰ』と堂々と大きな看板を掲げた、アダルトグッズの店があったからだ。

◇

今夜の戦利品をカーペットの上にずらりと並べ、凛はニヤリと笑った。

「お父さん、マジで感謝。ありがとー」

一時間前に再会を約束して別れた実の父の顔を思い浮かべ、凛は両手を合せて拝む。

目の前に並べたのは、アダルトグッズだ。杉本をなかば強引に連れていった新宿歌舞伎町の専門店で、店員にいろいろと相談しながらおススメのものを購入してきた。やはりネットの通販サイトではなく、実物を見られるリアル店舗はいい。店員からアドバイスをもらえるし、希望のものを手に入れることができた。

凛と店員がローターやアナル用のバイブ、ローションを前に話しているのを、杉本はうろうろしながら眺めていた。そんなものを買うなと口を出したいけれど、おなじ男としてどうしても即物的になってしまうのはわかるから、と心の中で葛藤《かっとう》しているのか丸わかりだった。

何点か購入して店を出たとき、杉本は若干《じゃっかん》、憔悴《しょうすい》していた。付き合ってくれてありがとうの意味をこめて、コーヒーショップでラテを奢った。

「凛、それ……本当に使う気か？」

杉本の視線は凛の足元に置かれた紙袋に向かっている。もちろん、袋にはそれらしいロゴはいっさい印刷されていないし、ちょっと覗きこんだだけでは中身は見えないように包装されている。

「もちろん、使うよ。そのために買ったんだから」

「……その、ぼくが言っても説得力はないけど、凛はまだ十九なんだから、年相応のゆっくりとしたお付き合いをしてもいいんじゃないかな……」

「うん、そのつもりだよ。だからまだ僕は童貞の処女だからね」

杉本はブッとラテを吹いた。慌てて紙ナプキンで口元とテーブルを拭いている。

「その日のために、自分で体を慣らしておきたい。そのために欲しかったんだ。いいのが買えて嬉しい。ありがとう」

杉本の手をまたもやキュッと握る。

「お父さんのおかげだよ。これからも色々と相談に乗ってほしいな。また会おうよ。電話してもいい？」

「あ、うん、それは、もちろん」

「お父さんの恋バナも、聞きたいな」

「そ、それは、またの機会に……」

「心の準備が必要？」

「……お願いします……」

「じゃあ、またこんど」

そんな会話をして駅前で別れた。

凛は「初心者にはコレ」と店員が薦《すす》めてきた一本をケースから出し、縦横斜めとじっくり眺める。いくつかのボール状のものが連《つら》なっている、アナル用のディルドだ。色は半透明のブルーなので、見た目がそんなにドギツクはない。

先端のボールは直系十五ミリだそうで、すこしずつボールは大きくなっていき、最後は三十ミリまでいく。長さは約十五センチ。持ち手の部分を入れると二十五センチくらい。電動式のものではないので動かない。手動で出し入れするわけだが、その点が初心者にはおススメだと言われた。自分で加減しながら挿入してみなさい、と親切に教えてくれた。

「……ちょっとだけ、試してみようかな……」

見つめていたらむくむくと好奇心が湧いてきた。ドアの鍵はしっかりかけてあるから、突然母が来襲しても大丈夫。隠す時間はある。

ごくりと生唾《なまつば》を飲み、腰のベルトに手を伸ばす。ベッドの上で下半身だけ裸になり、シーツを汚してしまわないようにタオルを何枚か敷《し》いて、ディルドをローションで濡らした。

「……どういうポーズで入れればいいのかな……」

入れる穴が後ろにあるから、自慰をするときのように座った状態で足を開いたらやりにくいように思う。こうかな、とベッドに這ってみて、片手にディルドを持ち、後ろから挿入を試みた。ほとんど手探り状態で目標の穴を探り、まず谷間にローションを塗りつけるような感じで動かしてみる。

「なんか、変な感じ……」

くすぐったいような、痒《かゆ》みを覚えるような。でも気持ち悪くはない。股間は全体的に性感帯で感じやすいものらしいので、しばらく擦ってみた。

「あ、なんか、気持ちいい」

擦っているところが熱くなってきた。これなら挿入しても大丈夫のような気がしてきて、ディルドの先端をぐっとめり込ませてみる。つぷん、とあっさり一つ目のボールが入った。

「……入った……」

びっくりだ。あのくらいの小さなボールなら簡単に入るものなのかと驚いた。だがよく考えてみれば、通常の排泄物《はいせつぶつ》の方がもっとサイズが大きいように思うので、難なく入るのは当然かもしれない。

もう一つ、ボールを中に押しこんでみる。痛くない。もう一つ、と欲張って、入れてみたが、やはり痛みはなかった。異物感だけだ。ボール三つを体内に入れてみて、ちょっと動かしてみる。

「あ、ん、ん……」

出したり入れたりすると気持ちいいことがわかった。さらに四つ目のボールを押しこんだときだった。

「あうっ」

全身にビリッと電流が走ったような衝撃があり、凛はとっさにディルドから手を離した。支えを失ったディルドが、ぶらんと後ろにぶら下がる。その反動でまた内襞のどこかをボールが抉《えぐ》ったようで、凛はシーツに縋りつきながら呻《うめ》いた。

知らないあいだに、勃起《ぼっき》している。それも痛いほど。

「なに、これ……」

しばし茫然と動けずにいて、恐る恐る手を伸ばし、ディルドの取っ手部分に触れた。

「あ、そうか。これが、前立腺？」

きっとそうだ。知識でしか知らなかった内側の快感スポットを、ディルドが抉ってしまったのだ。本当に快感があるんだ……と、凛は感心した。

「もう一度、できるかな」

こんどは探るようにディルドを動かしてみる。すぐに見つけることができて、凛は意図的に擦ってみた。性器にはまったく触れていないのに、ぐっと射精感がこみ上げてくるほどの快感が生まれる。

「んっ、ふっ、ううっ」

淫らな声が出てしまいそうで、凛は枕に噛みついて押し殺した。手は勝手に自分自身を責めている。ぐちゅぐちゅとローションが卑猥《ひわい》な粘着音を立てていたが、それもまた快感を煽《あお》った。

いつしか肩で体重を支え、両手でディルドを押しこみ、根元近くまで挿入してしまっていた。一番大きなボールに穴が広げられる感触がまたよかった。

「あ、う、んんーっ！」

敷いておいたタオルに、凛は思い切り射精する。そのあいだも手は動き続けて、最後の

一滴まで出し切った。痺れるような快感に、頭が真っ白になっている。こんなに激しい自慰ははじめてで、凛はその体勢のまま長いこと身じろぎもせずに固まっていた。

乱れた呼吸が整ってから、体を起こす。体内に入れたままのものがぐりっと内襞を抉り、また硬直した。

「あ……やだ……どうしよう……」

いまの刺激で、一旦は萎えていた性器がむくむくと頭をもたげてきてしまっている。

立て続けに何度も自慰をしたことなどない。だいたい一回出してしまえばすっきりしていた。だが今夜は、はじめての後ろを使っての自慰に、どこかの感覚が麻痺《まひ》してしまったのか、それとも病みつきになりかけているのか……。

ベッドにぺたんと座った状態だと、ディルドの取っ手の部分がマットレスに押されてさらなる刺激を与えてくれることに気づいた。勃起しかけている性器を右手で擦りながら、凛は熱い息を吐く。

「義兄さん……」

亮介を想像すると、快感がさらに増す。この手が亮介の手なら、後ろを抉っているのが亮介の指なら、いや亮介の性器なら——。

二度目なのに、亮介を思い浮かべただけですぐにいってしまいそうになる。

「あ、う……ううっ」

もういきそう、と天を仰いだときだった。

ベッドの枕元で充電中だった携帯電話がぶるぶると震え、電話がかかってきたことを知らせた。『兄さん』と表示されていた。

◇

自宅マンションに帰りついた亮介は、リビングのソファにどさりと体を投げ出し、天井を眺めながらため息をついた。

（あれは、絶対に凛くんだった……）

自分が凛を見間違えるはずがない。ちらっとしか見えなかったし夜ではあったが、周囲のネオンや街灯や行き交う車のライトで、じゅうぶん明るかった。見覚えのあるマフラーもしていた。

（あんなところで、いったいなにを……。それに、あの男は何者なんだ……？）

大学の関係者か？　そうだったとしても、あんな場所にいったいどんな用事があったというのか。ただ食事に来ただけにしては街の選択がおかしい。ほかにも学生が何人もいたならまだしも、凛だけだった。

もしかしてあれが、このあいだの電話の相手だろうか。奢ってもらう話をしていたから、年上の人間だと予想していたが――。

亮介は気になってたまらなくて、むくりと起き上がるとスーツのポケットから携帯電話を出した。凛に直接電話をして聞いてみようか。いや、メールにしておこうか。電話では冷静に問い質すことができないかもしれない。しかし同様に、電話の方が、凛の様子がわかるかもしれない。

（どうする……）

携帯電話を睨みつけて、亮介はひたすら悩んだ。

あのあと――凛を見失ってしばし立ち尽くしていた亮介だが、結局は待っていてくれた上司と食事に行った。なにかあったらしい、と察した上司がなにかと明るい話題を振って気を遣ってくれたが、料理の味はほとんどわからなかった。

別れ際に、亮介は頭を下げて謝った。心ここにあらずの失礼な態度だったと自覚があったが、凛が気になって気になって、どうしようもならなかった。だが上司は鷹揚《おうよう》に、「若いうちはいろいろとあるものさ」と笑って許してくれた。

はぁ…、とため息しか出ない。このまま悶々としていても、仕事でミスをするだけだ。あの人のいい上司に迷惑をかけるわけにはいかない。

「よし」

気合いを入れて、凜の携帯電話に電話をかけることにした。まだあの男といっしょにいて、もしかして出ないかもしれない——と思いつき、胃がキリキリと痛み出す。呼び出し音が繰り返される携帯電話を耳に当て、亮介は暗澹《あんたん》たる思いにどっぷりと浸かりそうになり……。

『……義兄さん？』

出た。凜が出た。凜が、電話に出た！

ほとんどクラクラが立ったくらいの感動で、亮介はぐっと携帯電話を握りしめる。耳元でミシッと不吉な音がしたので、慌てて力を緩めた。

「も、もしもし、凜くん？」

『うん、ふ……んっ…………なに……？』

（えっ…？）

いつになく凜の声が気だるげに聞こえる。電話にふっと息が吹きかけられたらしく、耳にダイレクトに伝わった雑音が亮介の心をざわつかせた。

「ど、どうしたの？　凛くん、具合でも悪い？」

『ううん、大丈夫……』

いつもの快活な喋り方ではない。こんな凛の声は知らない。ドキドキしながらも、なにかあったのだろうか、と心配になってきた。

「いまどこにいるんだ？　迎えに行こうか？」

まさか、まだあのダウンジャケットの男といっしょにいるのでは……！

『家にいるよ。自分の部屋の……ベッドの上……』

「あ、そう。もう帰っていたんだ。なら、大丈夫だね」

ホッとしつつも、ベッドの上に凛がいるという光景を想像してしまい、亮介は落ち着かなくなり、リビングをうろうろと歩きながら喋った。

「もし具合が悪いようなら、義母さんに言うんだよ。我慢しないで」

『大丈夫だってば』

ふふふ、と笑った声も、今夜はすこしちがって聞こえる。

『義兄さんは、いま、どこにいるの……？』

「自分の部屋に帰ってきたところだ。凛くんが、その、どうしているかと思って……」

『んっ………はぁっ……』

「え………？」

なにいまの。吐息？　呻いた？　喘《あえ》いだ？

(凛くん、なにやってんの？)

ベッドの上で喘いだり呻いたりすることといったら、ひとつくらいしか思いつかない。しどけなく横たわった華奢な肢体《したい》が、みずからの手で快感を生みだすような動きをしている様が一瞬で脳裏《のうり》に浮かんだ。カーッと頭に血が上り、ヒーッと悲鳴を上げそうになり、亮介はぐるぐるとソファの周りを全速力で駆け回った。

「凛くん、凛くんっ！」

『うん、なぁに？』

とろん、と蕩《とろ》けた声が耳に届き、亮介は走れなくなった。前かがみになり、呻きながら床にうずくまる。急激に張り詰めた股間が痛くて、空いている片手でそこを押さえる。

「り、凛くん………いま、なにを、しているんだ？」

震える声で訊ねると、電話の向こうで凛が『ふぅっ』とひとつ息をついた。

『ちょっと待って』

ごそごそとなにやら動いている雑音のあと、『お待たせ』と色気はあるが普段に近い声が返ってきた。すこし残念に思うが、さっきの凛は心臓に悪い。股間に向けて「鎮《しず》まれ」と言い聞かせたが、なかなか熱が引かなくて焦る。

とはいえ、なにをしていたのか気になった。

「凛くん、本当に、具合が悪いわけではないんだね？」

『うん』

「なにをしていたんだ？」

『…………………ひ・み・つ』

またもやフフッと笑われて、亮介はなにも言えなくなる。

結局、ダウンジャケットの男が何者なのか、という重要な点も聞き出せないまま、あたりさわりのない会話のあと、亮介は「おやすみ」と言って数分後に電話を切るはめになった。

通話が切れた携帯電話をじっと見つめる。はぁぁぁー…と、肺いっぱいの空気を吐き出し、項垂れた。まだ股間は完全に鎮まっていない。そのまま動けないでいると、不意に電話がかかってきた。父からだった。めったにかかってこない電話に、亮介は何事かと慌てて通話をオンにする。

「もしもし、父さん？」

『亮介か？　ひさしぶりだな』

「すみません、なかなか家に帰れなくて」

頻繁に凛と会ってはいるが、前回実家に帰ったのは盆休みだった。かれこれ四カ月ほど前だ。

『いや、それはいいんだ。凛くんとはよく会っているんだろう？　兄弟仲がよくて、私は嬉しいよ』

父の言葉に、熱をはらんでいた股間が一気に冷めた。

「それで、なにか急用ですか？」

『急用というほどではないが……大切な話があるので、こんどの休みに家に帰ってきてくれないかと思って』

「大切な話……ですか」

いったいなんの話だろうか。なんだか嫌な予感しかしないが、こうして父が電話をしてきたということは、亮介に絶対に帰ってきてほしいということだろう。

「わかりました。帰ります」

『そうか、待っているぞ』

それだけで通話は切れた。亮介は渋面《じゅうめん》を作って携帯電話を睨む。

（まさか、縁談とか……じゃないよな……？）

今年で二十八歳になった。そろそろ結婚の話が出てもおかしくないことくらい、わかっている。自分は父が三十歳のときの子だ。いまから相手を見つけて結婚すればちょうどいい、くらいに思っているとしたら――。

(厄介《やっかい》だな)

亮介はいまのところだれとも結婚するつもりはない。恋人を欲してもいない。適齢期《てきれいき》だからと、世間体《せけんてい》だけで女性と結婚するのは相手にも失礼だし、上手くいくとは思えなかった。ついさっき、凛の声で男の部分が目覚めてしまった事実が重くのしかかっている。かといって、そんなことを父に説明できるわけがない。

でも実家には行かなくてはならない。亮介はカレンダーを眺めて、とことん憂鬱な気分になった。

◇

「ええっ？　マジで？」

大学構内のカフェに響き渡るような大声を歩夢に出され、凛は学生たちに目で謝った。

「歩夢、声がおおきい」

「あ、ごめん」

二人は顔を近づけて内緒話の体勢に入る。すぐ横のテーブルに学生はいないが、あまりおおっぴらに話す内容ではない。

「マジで行ったわけ？　歌舞伎町？　おまえ、勇者だな」

「やっぱり実物を見ながらだと選びやすくて、結構いいものが買えたよ」

「買ったのか？　おじさんの前で？」

「かなり複雑そうな顔をしていたけどね」

「あたりまえだろ。中学の入学式以来、会っていなかった息子が、目の前でアダルトグッズを買うなんて、いったいどんな罰ゲームだよ」

はぁ、と歩夢がため息をつく。予想通りの反応に、凛はくくと笑った。

「おじさんになんて言って連れてってもらったんだよ」

「えー？　最初は遠まわしに言えないかなと考えたんだけど無理で、結局はストレートに、いま好きな人は男だから……って」

「よく言えたな、そんなこと」

呆れと感心が混じったような表情で歩夢が言うのを、凛はぺろりと舌を出して肩を竦めた。

「でもお父さんだから言ったんだよ。いままで打ち明けたのは、歩夢だけだし」

「うん、そっか。話せてよかった……んだよな？」

「僕の味方になってくれるって言ってくれた。嬉しかったよ」

歩夢がうんうんと頷く。親友が心から「よかったな」と言ってくれているのがわかるから、昨夜、買ってきたばかりのグッズを試しに使ってみている最中のハプニングについては言わないでおく。

（あれにはびっくりしたな）

思い出すと、股間が熱くなりそうだ。

勃起がおさまらなくて二度目の自慰に突入し、もうすこしでイケるかも、というタイミングで亮介から電話がかかってきたのだ。

『もしもし、凛くん？』

亮介の声を聞いたら、体が歓喜したのがわかった。それまで以上に頭がぼうっとして、亮介がなにを言っているのかよくわからなくなり、亮介の声だけが頭の中でわんわんと反響し、二度目の自慰に耽《ふけ》った凛は、そのまま射精に至った。

精一杯、声を押し殺したつもりだが、変な声が出ていなかっただろうか。亮介は不審に思わなかっただろうか。

（義兄さん、僕の体調を心配していたみたいだけど……）

まさか自慰中だったなんて、思ってもいなかったにちがいない。もしバレていたら、凛は恥ずかしくて二度と会えない。

（どうして電話に出たのかな、あのとき）

後悔しかない。身も心も冷静になって、すべてを片付けたあとで、こちらからかけ直せばよかったのに。

今年最大の……というか、ここ数年の最大の失敗だった。

「おい、凛。なにを考えてる？」

歩夢に声をかけられて、凛は「なにが？」と顔を上げる。目の前に、眉間に皺《しわ》を寄せた歩夢の顔。凛とはちがうタイプの童顔で、今日もお肌がツルピカだ。よほどアキちゃんと幸せな日々を過ごしているのだろう。うらやましい。

「なにが、じゃないよ。エロい顔して紙ナプキンで鶴なんか折ってんじゃない」

指摘されてはじめて、凛は折り鶴制作に没頭していたことに気づいた。テーブルの上には大小さまざまなサイズの鶴が転がっている。

「無意識だった……」

慌ててかき集めてクシャッと手の中で潰す。

「僕、エロい顔……してた？」

「してた。どうせ亮介さんのことでも考えていたんだろうけど、外ではやめなよ。勘違いするヤツが現れるから」

「……気をつける」

考えていることがすぐに顔に出てしまうらしいのだが、凛はどうしたらこれが改善されるのか、わからない。よくいえば素直なのだろうが、十九歳にもなってコレでは恥ずかしい。ふと、大変なことに思い至った。

「歩夢、僕って顔に出やすい方だよね」

「まあ、出てるな」

「ってことは、いまみたいに僕がエロいことを考えているとき、義兄さんにモロバレってこと？」

「それは…………知らない」

無責任な返答だが当然といえば当然だ。凛は「ううぅ」と耳を赤くして悶《もだ》えた。

「……バレるのはいやだ。義兄さんの思う凛は純真な男の子だから……。でも僕は健全な十九歳だし、エロいことくらい考えるよ……でも恋する気持ちは伝わってほしいし……」

「いつまでも純真な男の子でいられないことくらい、亮介さんだってわかるでしょ。小出しにしていけば？　いきなりドーンじゃなくて」

苦笑いしながら、歩夢がアドバイスしてくれる。

「小出し……」

すこしずつ出していければ一番いいのだろうけど、いったいそれはどうやればいいのか。歩夢も具体的な策はないらしく、「ガンバレ」と精神論をブッこんできた。

どうすれば一番いいのかなんてわからないが、なんでも話せる歩夢がいてくれてよかった。つくづくそう思う凛だった。


「ただいまー」

出張中だという亮介に会えないまま数日が過ぎ、その日、凛は日が暮れるまで歩夢と大学内のカフェで喋って、自宅に帰った。すぐに玄関に亮介の靴があることに気づいた。パァッと目の前が明るくなる。

「えっ、義兄さん？」

凛が亮介の靴を見間違えるはずがない。五足ほどある革靴のすべてを、凛は細部にわたるまできっちりと記憶している。

いつのまにか出張から戻ってきたらしい。不意に訪れた幸運に、凛は慌てて靴を脱ぎ、弾む足取りでリビングに行った。

「義兄さん？」

ローテーブルを囲むようにして、ソファに亮介と両親が揃っていた。

「おかえり」

微笑みながら亮介が声をかけてくれ、凛も笑顔になる。ヤバい電話のあとなので、つぎに会うときはどんな顔をすればいいのか——なんて悩んでいたことなど頭からすっ飛んでいた。ただただ、会えて嬉しい。

「義兄さん、突然どうしたの？」

亮介の隣に急いで座り、大好きな甘いマスクを見つめる。

「うん、父さんに呼ばれてね。出張を終えたその足でここに来たんだ」

「義父《とう》さんに？」

たしかに、亮介はスーツを着たままで、ネクタイを緩めてもいない。実家に帰ってきたというよりも少し立ち寄ったという感じだ。問うように椎名の父を見ると、いつもの穏やかな表情で、椎名がテーブルの上のものを手に取る。

「これを一度見てもらおうと思って、帰ってきてもらったんだ」

着物姿の女性の写真だった。よく見ると、テーブルの上にはプロフィールのようなものが書かれた紙も広げてある。リビングに入った瞬間に亮介しか見ていなかった凛は、まったく気づかなかった。

「これって……」

どう見ても、見合い写真だ。プロフィールの紙は、いわゆる釣書《つりがき》というものか。

心臓が、嫌な感じでドクンと鳴った。

写真の顔に、見覚えがある。亮介の会社でときどき見かける、女狐の一人だ。いつもは長い黒髪を風になびかせているが、それをきれいにアップにして、可憐なピンク系の花柄の振り袖を着ている。出で立ちがちがっていようと、凛は間違えない。

「亮介に見合い話が来ていてね」

椎名が明るい笑顔で言うのを、凛は茫然と聞いた。

「いままでは本人にその気がないからと、私が断っていたんだが、亮介ももう二十八歳だ。いますぐ結婚しろとは言わないが、そろそろその気になって、三十歳を過ぎたあたりで家庭を持ってもいいんじゃないかと思って、こうして本人に話をしていたところだ」

「この人、義兄さんの会社の人だよね」

「さすが凛くんだ。よく見ているね」

亮介が褒めてくれたが、嬉しくもなんともない。

「木ノ内志乃《きのうちしの》さん、秘書課の才媛《さいえん》だ。まさか木ノ内さんの父親と父さんが知り合いだとは思わなかった」

「木ノ内産業の社長とは二十年来の長い付き合いだ。娘さんがいることは知っていたが、まさかこんなに美しい女性に成長していて、さらにおまえの同僚になっているとは、つくづく世間は狭いものだ。部署は違うが顔見知りのようだな」

「俺のすぐ下についている社員と同期で、帰り際によく顔を見ます。明るくてはきはきとした人ですよ」

「どうだ。一度会ってみるか。そんなに堅苦しく考えなくてもいいから――」

「僕は反対っ！」

椎名の言葉にかぶせるように、凛は叫んだ。見合いなんてとんでもない。亮介に群がる女たちを牽制《けんせい》していたのは、見合い結婚させるためじゃない。ましてや写真の女性は亮介の同僚だ。なんのために凛が会社まで出向いて女狐を蹴散らしていたのか。

「義兄さんが見合いなんて、そんなの必要ない。しなくていい！　義父さんはもう二十八って思ってるみたいだけど、いまどき二十代で独身なんて掃いて捨てるほどいるよ。義父さんの会社にだってたくさんいるでしょう？」

「凛くん、だからいますぐ結婚しろとは言っていない。ちょっと会ってみないかと薦めているだけだ」

「そうよ、凛ちゃん、頭ごなしにそんなことを言うものじゃないわ。とてもきれいな方じゃないの」

両親に困った顔で宥められたが、凛はここで折れるつもりはない。

「義兄さんに見合いは必要ないったらない！　だいたい義兄さんから結婚願望があるなんて、聞いたことがない！」

自分以外のだれかと亮介が幸せになる未来を想像するなんてつら過ぎる。ましてや、相手が木ノ内志乃なんて、とんでもない。この女は嫌だ。亮介を会社まで迎えに行った凛を、恨みがこもった目で睨みつけていた女だ。性格がいいわけがない。きれいなのは顔だけに決まっている。

きっと、会社ではライバルが多すぎてなかなか亮介と親しくなれないから、親に頼みこんで見合いを企《たくら》み、ついでに凛を出し抜けるとでも考えたのだろう。

「でも、凛くん、木ノ内社長はかなり乗り気で――」

「そんな大人の事情なんか知らない。義父さんは、義兄さんに政略結婚させようとしているの？　そんなの、義兄さんがかわいそうだよ。酷いと思わない？　そのうち僕にも、見合い話を持ってくるの？」

「凛ちゃん、落ち着いて。お義父さんにそんな風に言わないの」

いつのまにか立ち上がっていた凛の手を、母が引っ張った。ひとりでヒートアップしている凛を、亮介は驚いたように見ている。その珍しいものでも眺めているような視線に、凛は傷ついた。

亮介は見合いなんて、たいしたことではないと思っているのか。この話を聞いて、凛がどう感じるか、まったく気にしていなかったのか。

三年前の夏の告白が、亮介の中で本当にきれいさっぱりなかったことにされていると思い知り、凛は泣きたくなった。悲しみと同時に怒りも湧き起こる。亮介は無神経だ。ぜんぜん鋭くない。凛の気持ちを慮《おもんぱか》ってくれていない。

けれど、凛が心から嫌いになってしまうほどの欠点ではないのが、ずるかった。

ぐっと拳を握り、胸を喘がせる。爆発しそうな感情を、なんとか鎮めようと努力した。

「……とにかく、僕はこの見合い話には断固反対する。このまま話を進めるのなら、僕はもうだれとも口をきかないからね！」

それだけ言い捨てて、凛はリビングを出た。階段を駆け上がり、自分の部屋に飛びこむ。

「くそっ」

抱えたままだったショルダーバッグをベッドに叩きつけた。苛々《いらいら》してたまらず、ベッドカバーをはがして枕を投げる。家族の前ではなんとか体裁を保ったが、一人になったとたんに我慢できなくなった。

闇雲《やみくも》に暴れていたら、ドアがノックされてぎくりと静止する。凛の暴れっぷりが、階下にまで響いて母が様子を見に来たのかもしれない。

「凛くん、ちょっといいか？」

聞こえてきた声にギョッとする。母ではなく亮介だった。部屋の中は泥棒に入られたのかっていうくらいに散らかってしまっている。ドアノブがカチッと音をたてて動いた。鍵をかけていなかったと気づいても、もう遅い。

「待っ、待って！」

「凛くん、少し話をしよう」

口元に控えめな笑みを浮かべた亮介がそっとドアを開けて顔を覗かせた。散らかった部屋の真ん中に立ち尽くしている凛を見つけて、ホッとしたような、悲しそうな、複雑な表情になる。

「さっきの見合い話なんだけど、とりあえず木ノ内さんには会うことになると思う。父さんの顔を潰すわけにはいかないから。ただ、本当に会うだけで、俺はまだ結婚する気なんかない」

「本当……?」

「本当だ。俺は、結婚というのは当人たちだけの問題ではないと思っている。俺の弟である凛くんがそれほど反対しているのに、強引に話を進めるつもりはない。だって俺の結婚相手は、凛くんの義理の姉になるわけだから」

亮介がそっと部屋の中に入ってきた。気が立っている凛を刺激しないようにしているのか、動きがゆっくりだ。余計な気を遣わせているとわかっても、凛は苛立ちをそう簡単には鎮めることができなかった。

「木ノ内とかいう女の人には、一度会うだけで断るんだね?」

「そのつもりだ」

はっきりと頷いた亮介の目は、この場しのぎの嘘をついているようには見えない。本心からそう思っていることが伝わってきて、凛は安堵のあまり脱力した。へなへなとその場に座りこむ。

(……よかった……)

ひとまずホッとして、凛は「騒いじゃってごめんなさい」と俯いたまま謝った。

「突然のことでびっくりして……」

「いや、いいんだ。俺も見合い話には驚いた。まあ、でも、そのうちに結婚はすると思う」

「えっ……するの？」

「そりゃするさ。仕事に集中するためには、やっぱり家庭で俺を支えてくれる人が必要だし、父さんに孫を見せてあげたいし。それに、いい年をして独り身だと、なにかと世間の風当たりがきつくなってくるしね」

ははは、と亮介は乾いた笑い声を立てる。

まさか亮介が結婚を考えていたなんて――。

凛は目の前が暗くなっていくのを感じた。亮介を自分が見張っていれば、いくら言い寄ってくる女狐たちがいても、結婚には至らないと思いこんでいた。

どうしてそんなふうに思いこめたのだろうか。亮介本人がするつもりなら、凛にはどうにも防ぎようがないのに。

（でも、いまさっき、僕が反対したら強引に話を進めるつもりはないって、言ったよね）

わずかばかりの希望を抱きながら顔を上げたとき、床に落ちていた凛の携帯電話が震えた。いつのまに落としていたのか、気づかなかった。電話がかかってきたようだ。『杉本パパ』と表示されている。椎名の父を『父』で登録しているので、杉本は『パパ』にしてあった。杉本はメールが苦手のようで、なにか用件があると電話をかけてくることが多い。それはべつにいいのだが、いまはタイミングが悪かった。

あとでかけ直せばいいと、携帯電話を拾う。

「凛くん……、その、杉本パパというのは、いったいだれだ？」

「えっ……」

亮介の目の良さに驚きつつ、問いかけてくる顔にもギクッとした。いつもの穏やかな空気をまとった亮介ではない。すこんと表情をなくしてしまったかのような顔になっていた。

「凛くんの父親はうちの父さんだけだろう。それ以外のだれをパパ呼ばわりしているんだ？　おかしいんじゃないか？」

疑問形でありながら亮介の言葉は凛を真正面から責めていた。

父親は椎名の父だけだろう、と言われて、凛はショックだった。凛の実の父親はちゃんといる。母とはうまくいかなくて別れてしまったが、凛に変わらぬ愛情を抱きつづけてくれている。それを存在していないもののように「おかしい」と決めつけられて、凛は悲しかった。

冷静に考えてみれば、亮介の実の母はもうずいぶん前に他界《たかい》しているので、凜の父が生きていて会いに来られることを失念しているのかもしれない、とわかる。それに亮介は、凜と母が離婚前は杉本姓を名乗っていたことをたぶん知らない。再婚前は当然ながら凜と母は旧姓に戻っていて、祖父母とおなじく名字は依田《よりた》だった。

だが、いまの凜はそこまで落ち着いて分析できなかった。

「パパは……パパだよ………僕のお父さんで……」

「だから父親はいま一階にいるだろう。それ以外のだれだ？」

順序立てて説明しようにも、なんだか思考がまとまらない。

「ちょっ、ちょっと待って、いま説明するから。えっ……と、杉本っていうのは――」

言いかけて、亮介があらぬ方向に視線をとばして硬直しているのに気づいた。

どうしたんだろう、と亮介の視線の先をたどり――息を飲んだ。

部屋の隅に、絶対に絶対に見られてはいけないものが転がっていたのだ。

アナル用のディルド。その横には、専用のローションのボトル。

半透明のブルーのディルドが、ローションのボトルと並んで、無造作にごろんと床に落ちている。そんなところに置いておくほど、凜はバカではない。さっき闇雲に暴れた拍子《ひょうし》に、隠してあったベッドのマットレスの間から落ちてしまったのだろう。

亮介がまばたきもせずにガン見している。凛はそれに飛びついて隠すこともできず、愕然と座ったまま動けなかった。

怖いほどの沈黙が、数十秒か数分かわからないが、二人のあいだに流れた。

「あれは、なんだ?」

問いかけてきた亮介の声は掠れていた。凛は動揺のあまり視線を泳がせることしかできなくて、まともに答えられない。

「あの……その………」

「どうして、あんなものが凛くんの部屋にあるんだ?」

あきらかに亮介の顔色は悪くなっている。実の兄弟でも相手の部屋でアダルトグッズを発見してしまったら困惑するだろうから、当然だ。ローションのボトルは半透明で、中身が減っているのが透けている。用途はひとつしかない。

「凛くん、答えてくれないか、あれは、どうしてここにある?」

欲しかったから買った、なんて言えない。どうしよう、と頭の中でぐるぐる考え、結局こう言うしかなかった。

「も、もらった」

「だれに?」

間髪容《かんはつい》れずに訊ねられて、凛は口ごもる。杉本の名前を出したら、余計にややこしくなることは間違いない。でも歩夢の名前もマズいだろう。亮介と歩夢は知らない仲ではないから、すぐに確かめられてしまいそうだ。こちらから歩夢に連絡を取って、口裏《くちうら》を合わせて欲しいとお願いする時間があればいいが。

「だれにもらったんだ？」

「それは、その……」

「もしかして、あの男か？」

えっ、と亮介を見上げると、険しい表情で凛を見下ろしていた。こんな顔を向けられたのははじめてで、凛はショックを受ける。

「このあいだの夜、君が変な男と二人連れで歌舞伎町を歩いているのを見た。俺は上司とタクシーに乗っていて、声をかけようとしたが見失ってしまった。いったいだれなのか、どんな付き合いの男なのか、君に聞きたかったが、なんとなくできなかった。あの男にもらったんじゃないのか」

それはきっと杉本の父のことだ。まさかあの日、歌舞伎町のアダルトショップに行ったところを偶然亮介に目撃されていたとは——。行ったのはたった一回なのに、とんでもないタイミングでおなじ場所に居合わせたものだ。

凛がどう答えていいかわからずに黙っていると、亮介が大きなため息をついた。

「あれはいったいどういう知り合いだ？　みすぼらしい格好をしていた。あんな中年の男と連れだって、どこへ行った？　なにをしていた？」

みすぼらしい格好、と実の父のことを言われ、凛はすっと血が頭から下がるような感覚をおぼえた。

たしかに杉本は高級品を身につけてはいなかった。ダウンジャケットは何年も着込んだものだろうし、白髪交《しらが》じりの髪だって整えていなかった。けれど精一杯身ぎれいにはしてくれていたし、凛にはとても優しかった。びっくりさせることをいくつも話したのに怒ることはなく、凛の味方だと言ってくれた。

「あの男にもらったんじゃないのか。君がこんなものを自分から求めるとは思えない。まさか、あれが『杉本パパ』か？　いかがわしいことをさせて小遣いをもらうような真似《まね》をしているんじゃないだろうな？」

ガンッと頭を殴られたような衝撃に、凛は目の前が暗くなった。

「な、な……に……」

「それか、変態男に弱みでも握られて、脅されて言いなりにさせられているんじゃ――」

「なに、言ってんの？　そんなこと、あるわけないっ」

「じゃあ、あの変な男はなんだ。やましいことがないのなら、説明できるだろう」

「やましいことなんかない！」

「じゃあ、説明しろ！　あれはだれだ？　あそこに転がっているものはなんだ？　だれにもらったんだ？　それを君は使ったのか？　それともだれかに使ったのか？　すべて説明して俺を納得させろ！」

「うるさい！」

凛のなにかが爆発した。大好きな人に見られたくないグッズを見られて最悪の誤解をされて、しかも実の父をみすぼらしいだとか変だとか言われて、できるだけいい義弟でいよう、いい子でいようと抑えつけていた色々な感情が一気に弾《はじ》けた。

「義兄さんには関係ない！　あの人は変な人じゃない！　僕の大切な人で、僕の味方になってくれる人だ！　義兄さんは僕をペットのように可愛がるだけで、なにもくれないくせに！　本当の僕を理解しようともしてくれないくせに！　アダルトグッズを買ったのは僕で、変態なのは僕だ！」

叫びながら、どっと涙が溢れた。涙でなにも見えなくなる。

「自分に使ったんだよ！　だれにも使ってなんかいない！　だれに使うっていうんだ？　僕にはそんな相手、だれもいないのに！　僕は、ずっと、ずっと……」

もう言葉にならない。声が出なくて、凛は目の前の亮介に、猛然《もうぜん》と掴みかかった。感情にまかせて暴力に訴えたのははじめての経験だった。

「出て行け！」

憧れてやまなかった厚い胸板を力任せに押した。凛よりもはるかに体格がよくて体重も重いはずなのに、なぜか亮介の体は簡単にドアの外へと押し出すことができた。亮介の顔は見ない。どんな表情をしているか、知りたくなかった。

亮介を廊下に出してしまうと、凛は勢いよくドアを閉めた。ガチッと音を立てて鍵を閉める。

「うっ……」

まだ涙があふれてくる。もうなにもかもが嫌だと思った。

亮介を好きになってしまったがために、嫌なことがたくさん生まれてくる。亮介に群がってくる女たちの恨みつらみを一身に受けることになったり、見合い相手の女に嫉妬したり、告白を無視されてもいい義弟でいようと努力したり。

すごく疲れる。もうやめてしまいたいと思う。それでも亮介が笑顔を向けてくれたり優しくしてくれたりすると、性懲《しょうこ》りもなく惚れ直してしまう。

もう一度振られているのに。あれが亮介の返事だったのに、一縷《いちる》の望みを捨てられなく

て、女々《めめ》しくまとわりついている。

「もう、嫌だ……」

涙に濡れた呟《つぶや》きは、一人きりの部屋にぽつりと落ちた。

◇

「はぁ……」

ふとした瞬間に気を抜くと、憂鬱なため息がこぼれる。仕事中はしっかり集中しようと努力しているが、人間というものは何時間も連続して緊張感を保てないわけで。

昨夜はよく眠れなかったからか、ＰＣの画面に向けている目がしょぼついた。

亮介はＰＣに繋がれているマウスからいったん手を離し、デスクの隅に置いた私用の携帯電話を見た。微動だにしない薄っぺらい機械が、こうして見つめているあいだにピクリとでも動いてくれないかと思ってしまう。

（凛くん……）

昨夜から何度も凛にメールを送っているが、返信は一度もない。

（ああ、俺はなんてバカなんだ……）

昨日、実家で起こったことを思い出すたびに、亮介は両手で髪を掻きむしりたくなるくらいの焦燥《しょうそう》感と絶望感に苛《さいな》まれる。

昨夜、気がつくと、亮介は実家から自分のマンションに帰ってきていた。

ぼんやりと玄関の内側に突っ立っている自分がいて、頭上の明かりだけはついているが、部屋の中は真っ暗だ。まだ靴も脱いでおらず、いつからこうしてここに立っていたのか、よくわからなかった。

亮介はのろのろと靴を脱ぎ、廊下を進んでリビングの照明をつけた。

『お帰りなさい！』

ここにはいない、凛の笑顔が思い浮かぶ。仕事を終えて帰宅すると、高確率で出迎えてくれていた義弟のあたたかさが、いまは遠く感じて切ない。１ＬＤＫのこの部屋に住みはじめたのは去年の夏からで、もう一年四カ月になる。住み慣れた自分の城のはずなのに、いつになくよそよそしく感じるのは凛がいないからだろうか。

亮介はため息をつきながらソファに腰を下ろした。自然と俯いてしまう。どうやって実家からここまで帰ってきたのか覚えていない。あまりのショックに、記憶が飛んでしまったかのようだった。

凛の声が、耳に残っている。

『うるさい』と怒鳴《どな》られた。『関係ない』とも言われた。あんなふうに泣く凛を見たのははじめてだった。亮介は愕然とするあまり無抵抗で、か細い凛の腕によって廊下へと追い出された。

泣かせたのは亮介だ。『杉本パパ』という相手から電話がかかってきて動揺した。卑猥な道具を見つけてしまって猛烈に焦った。歌舞伎町で見かけた謎の男の正体について気を揉《も》んでいたせいもあるだろう。余計なことをたくさん口走った。

見合いに反対してくれた凛が、もしかして――というか、やはり自分のことを義兄としてではなく、一人の男として見ていてくれているのかと期待したぶん、『杉本パパ』とアダルトグッズによって奈落《ならく》の底に突き落とされた。あまりの落差に、冷静でいられなくなったのがいけなかった。

(あんなこと、言うつもりじゃなかった……)

凛が援助交際まがいのことをしているなんて、思っていない。そんなことをしなくても小遣いはじゅうぶんにもらっているはずだし、悪い仲間を作って夜遊びに興じている話も聞いていない。そもそも、ほとんど毎日のように亮介のマンションに来ている凛に、そんな時間があるわけないのだ。

それなのに冷静さを失くして、「やましいことがなければ説明できるだろう」と責めてしまった。とんでもない失言だ。さらに、歌舞伎町でいっしょにいた謎の男の正体も知らないのに、変質者呼ばわりをしてしまった。凛はあの男のことを、とても信頼しているようだった。味方だと言っていた。そんな存在を義兄に貶《けな》されたら、だれだって怒るだろう。

亮介は、反省と同時に嫉妬も抱いている。あの男はいったいどこのだれなのか。あれはどこまでに凛の信頼を勝ち取っているとは、にわかには信じられない。『杉本パパ』と同一人物なのだろうか。違っていたら、正体不明の男が二人に増える。

（ちくしょうっ）

昨夜は、すべてが失敗だった。失態だらけだ。涙でぐちゃぐちゃになった凛の顔が脳裏に焼き付いて離れない。

凛に『出て行け』と言わせてしまった自分は、大馬鹿野郎だ。

もう凛に嫌われただろうか。あんなに慕《した》ってくれていた子を傷つけて、泣かせてしまった。昨夜から何通も謝罪メールを送っているが、返事はない。凛が望むなら、土下座《どげざ》だってなんだってするつもりだ。とりあえず直接会って謝りたいのだが、凛から返事がないことには身動きが取れない。

（凛くん、ごめん……）

凛の輝く笑顔と、昨夜の泣き顔がオーバーラップする。胸が痛くてたまらなかった。もう観念するしかない。いままでさまざまな理由をつけて避けていたが、ここまできて認めないわけにはいかない。

凛を愛している。だれにも渡したくない。自分だけが大切に抱きしめて、溢れるほどの愛情でくるんであげたい。

どこかのだれかに奪われるかもしれないと気づいてから認めるなんて、本当に馬鹿だ。もっと早く自分の気持ちを見つめ直して認めていたら、凛にあんな暴言《ぼうげん》を吐くことなどなかったかもしれないのに。

もう嫌われて、義兄としてですらそばにいさせてもらえなくなるとしたら、亮介はこれからどうすればいいのだろう。

「おい、ため息が多いぞ」

背後を通り過ぎていく先輩社員に肩を叩かれながら小声で注意され、亮介は「すみません」と頭を下げた。トイレで顔でも洗ってこようかと、亮介は席を立った。廊下に出たところで女性社員とぶつかりそうになる。

「あ、椎名さん」

「木ノ内さん……」

　その女性は木ノ内志乃だった。見合い写真で振り袖姿を見るまでは、亮介にとって会社の同僚のその他大勢だった女性だ。そんなに派手ではないが目鼻立ちが整っており、清楚な印象の艶々の黒髪が男性社員たちに人気だと聞く。亮介はまったく興味がなくて、そういう目で木ノ内を見たことはなかった。

「椎名さん、あの……例の話、お聞きになりました？」

　口元に笑みをたたえながら木ノ内が声量を抑えて聞いてきた。例の話というのは見合いのことだろう。また凛のことが一気に蘇ってきて、昨夜の涙や、酷いやりとりの記憶が頭の中をいっぱいにしてしまう。

「昨日、父から聞きました」

　なんとか平静を保ち、口をきくことができたが、頭がくらくらしてきた。

「私もつい先日、父から聞いたばかりです。驚きました。まさか父と椎名さんのお父様が昔からの友人だったなんて知りませんでしたから」

　ふふっと笑う木ノ内は、見合い話に否定的ではないような印象だ。

「父が、とても乗り気なんです。近いうちに会うことになりそうなんですけど、椎名さんは何系のお店がいいですか？　最初は堅苦しくない感じで、二人きりでお食事でもどうかと思っています」

「…………」

「椎名さん？」

「ああ、はい、なんの話でしたっけ？」

「ですから、二人でお食事でもどうかと。どんなお店がいいですか？　椎名さん？」

「失礼……その話はまたの機会に」

亮介は木ノ内の横を通り過ぎて、男性用トイレに逃げこんだ。個室に入って、洋式便器の上に座りこむ。頭を両手で抱えて、叫び出したくなる衝動をぐっとこらえた。

正直、木ノ内のことなんてどうでもいい。見合いなんてバカバカしい。父の顔を立てるとか世間体とか、大切な凛を傷つけてまですることではないと、今は本気で思っている。結婚はしない。自分が結婚することによって凛が傷つくなら、一生独身でいい。

流すボタンを押して水音を立てながら、便器に向かって一回だけ「クソくらえ！」と叫んだ。トイレにはお似合いの言葉だっただろう。

その後、自分のデスクに戻った亮介は、精力的に仕事をこなした。ノー残業デーではないが、定時ぴったりに帰ろうと決めた。

凛に会いたい。会って謝りたい。誠心誠意《せいしんせいい》、謝って、許しを請《こ》いたい。

そして、できれば、『杉本パパ』と、あの歌舞伎町でいっしょだった男がなにものなのか教えてもらいたい。たとえ、どちらかが好きな人だと言われても、なんとか正気を保てるように頑張ろう。


定時ぴったりに席を立った亮介は、「お先に」と同僚たちに声をかけて、引き留められる前にと急いでデスクを離れた。歩きながらコートを羽織り、私用の携帯電話を取り出す。いま凛はどこにいるだろう。あいかわらずメールの返信もなにもない。亮介から居場所を教えてほしいと連絡をとっても、無視される可能性が高い。ならば、と亮介は地下鉄の入口の前で母親にメールを送った。凛と話がしたいが電話に出てくれないので、どこにいるかもわからない、と正直に伝えると、すぐに『家にはいないわ』と返ってきた。

『今朝はいつも通りに家を出たから大学に行ったはず。昨夜のことで、まだ仲直りができていないの？』

あれほどの大声でやりとりしていたのだ、当然、両親にも聞こえていただろう。母親は心配していた。

『凛ちゃんは亮介さんのことが大好きなのよ。ちょっと拗《す》ねているだけだろうから、知らんぷりされても諦めないで亮介さんの方から歩み寄ってあげて』

純粋な母性を感じて、亮介は良心が痛んだ。義理の息子として六年間、慈《いつく》しんでもらった。海外にいたのでともに過ごす時間は短かったが、帰国したときはいつもあたたかく迎えてくれて、亮介が居心地いいようにと気遣ってくれていたことはわかっている。亡くなった母の仏壇だけは、家政婦に任せないで掃除してくれていることも知っていた。

信頼を裏切るようで申し訳ないが、人の心は理屈で片付けることはできない。

『私が凛ちゃんの居場所を聞き出してもいいけど、まずは歩夢くんに連絡をとってみたらどうかしら。まだ大学あたりをぶらぶらしているのなら、いっしょにいるかもしれない』

ワンクッション置いたらどうかという母親の提案に乗った。歩夢のメールアドレスを教えてもらい、メールを送ってみる。凛と歩夢はすべてをあけすけに打ち明けあう仲だから、昨夜のことも聞いているかもしれない。話し合いたいが凛に無視されている、いますぐ会いたいので居場所を知っていたら教えてほしい、と率直に文章を綴《つづ》った。

歩夢が凛の味方なら、このメールも無視される恐れがある。そうなったら、実家で待ち伏せするしかない。両親には聞かれたくないから場所を変えた方がいいが、はたして凛は亮介についてきてくれるか――。

いろいろなパターンを頭の中でシミュレートしていると、歩夢から返事が届いた。

『亮介さんからメールなんてびっくりした。凛のママから教えてもらったって？　昨日のこと、椎名家ではオオゴトになってるみたいだね』

歩夢の文面から深刻さは滲み出ていない。面白がっているふしがある。とりあえずそこに安堵する。

『凛はいまオレの横にいるよ。大学内のカフェでぐずぐずしてる。帰りたくないみたい。オレも特に用事がないから付き合ってるけど、六時でここが閉まっちゃうんだよね。どうする？』

亮介は踵を返すと、地下鉄の入口に駆け込んだ。階段を下りながら返信をうつ。歩きスマホは厳禁だが、いまは緊急事態なので許してほしい。

『閉まるまでそこで凛くんを引き留めておいてくれないか。いますぐそちらへ向かう』

六時まで一時間弱。たしか凛の大学まで一時間くらいはかかるはずだ。亮介は携帯電話に乗り換え案内を表示し、ホームに滑りこんできた電車に乗った。地下を走る電車の窓は暗い。そこに焦燥感を滲ませたサラリーマンの顔が映りこんでいる。きっといまの自分は、凛が理想としている兄ではないだろう。ただの恋する男だ。

頭の中で謝罪の言葉を組み立てる。暴言について謝り、正体不明の男について聞き出し、そして凛の涙の訴えについて弁解と謝罪と――。

『義兄さんは僕をペットのように可愛がるだけで、なにもくれないくせに！　本当の僕を理解しようともしてくれないくせに！』

あの言葉は痛かった。そう言われても仕方がない。亮介は凛を可愛がっていたが、凛がなにをどう考えて、なにを求め、なにをしたいと思っているのか、あまり深く考えてこなかった。ただ、凛を可愛がった。まるで愛玩《あいがん》動物のように。

甘えてくる凛が愛しくて、そのまま飾っておきたいと思うほどだった。

たしかに人間扱いしていない。無意識のうちに、凛を生身の人間として考えないようにしていたのかもしれなかった。義理でも兄弟だから。よこしまな想いを抱いてはいけないから。

だがもう、そんなことを言っている場合ではない。謎の男が現れ、凛の信頼を得て、亮介から奪おうとしている。このまま指をくわえて見ているなんて、亮介はできそうになかった。

大学の最寄り駅から走ったが、正門前に着いたときには六時をすこしだけ過ぎていた。カフェがどこにあるかわからないので、構内の地図が門の周囲にないかと探したが、日が落ちて暗くなっているので見つからない。通りがかりの学生に訊ねようにも、ほとんどがもう帰ってしまったのか、人影が見当たらない。

「あ、亮介さん？」

聞き覚えのある声に呼び止められて、亮介は振り返った。見覚えのある小柄な青年がいた。歩夢だ。会ったのは二年ほど前だが、あまり容貌《ようぼう》は変わっておらず、凛とおなじで童顔のままだった。それでもすこしは大人っぽくなっている印象だ。

「歩夢くん？　さっきはメールをありがとう。凛くんはどこに？」

挨拶もそこそこに凛の情報を求める亮介に、歩夢が苦笑した。

「なんか、ケンカしたんですって？　凛のやつ、かなり落ちこんでいましたよ」

「だから話をしたいんだ。凛くんは？　まだ中に？」

「あいつはちょっと前に帰りました。これでも精一杯、不審がられないように引き留めたんですよ。駅までの道ですれ違いませんでしたか？」

「……わからなかった」

大学を目指し、ただひたすら前を向いて早足で歩いていたので、周囲に目を配っていなかった。もしかしてどこかですれ違っていたかもしれないが……。

（メールも電話も無視している凛くんが、俺に声をかけてくれるわけがない……）

いったん実家に行って、凛の帰りを待つ方がいいかもしれない。

「お見合いするんですか」

「あ、えっ？　凛くんに聞いたのかい？」

「はい、聞きました。それに絡んで、昨日、家でいろいろあったんでしょう？」

ニヤリと笑った歩夢は、やはりかなりの事情を把握《はあく》しているようだ。亮介が知りたいことも知っている可能性がある。

「聞きたいことがあるんだが」

「聞きたいこと？　なんですか？」

「凛くんの知り合いに杉本ってひとがいるみたいなんだが、知っているか？」

「杉本？　ああ、はい、知っています。それが？」

あっさりと『杉本パパ』の正体を知っている人間が見つかり、亮介はびっくりした。

「知っているのか？　マジで？　どうして知っているんだ？」

「あははは、亮介さんでも『マジで？』なんて言うんだー」

「いやいや、笑いごとじゃないから。それ、どういうひとなのか教えてくれないか？　凛くんが親しくしているみたいなんだが」

「あー……………亮介さん、知らないんですね」

ちょっと意外そうな顔をされて、亮介はなにか間違ったことをしたのかと乗り出していた上体を引いた。

「まあでも、知らないのは仕方がないのかな。そっか、六年ぶりって言ってたから……」

ぶつぶつとひとり言を漏らした歩夢は、ちらりと視線を上げるとニコッと笑った。

「杉本さんに関しては、おれが勝手に喋っちゃいけないかもしれないんで、言えません。凛に聞いてください」

「いやだから、いま凛くんとはちょっと……」

「おれ、ケンカの原因は亮介さんのデリカシーのない発言だって聞いていますよ。凛に頭を下げて許しを請えばいいでしょう。そのうえで杉本さんのことを訊ねればどうですか」

「それは、その通りなんだが」

「追いかけ続けるしかないんじゃないですか？　そのうち凛が折れますよ。亮介さんが凛とこじれたままでも構わないってんなら、放置しておけばいいですけど」

「いやそれは、構う。ものすごく構う」

「だったら気合いを入れて追いかけてください」

ほら、と言わんばかりに歩夢が駅の方向を指さす。本当に杉本の正体を教えてくれなさそうなので、亮介はため息ひとつで諦め、踵を返す。とりあえず実家に行ってみよう、と決めかけたとき「そういえば」と歩夢が呟いた。

「今日、凛は杉本さんと会う約束だって言っていましたよ」

「えっ？」

急に方向転換したら革靴の下で小石が滑り、亮介は危うくスッ転ぶところだった。ぐっと踏ん張って小柄な歩夢に縋りつく。

「いつ、どこで会うって？」

「そこまでは聞いていません。いっしょにご飯を食べる予定みたいだから、待ち合わせはもうすこし後かな。このあたりの店で時間をつぶしているかもしれませんね」

たしかに学生狙いの飲食店が多く軒《のき》を連ねている。全国チェーンのファストフード店から個人営業のカフェや定食屋など、いろいろある。

杉本と凛が食事――。顔がわからない覆面《ふくめん》状態の男と凛が仲良く食事している場面を想像し、亮介は腹の底からどす黒いなにかがあふれ出しそうだった。

「ありがとう。探してみるよ」

「がんばってくださいねー」

歩夢に見送られて駅までの道を引き返しながら、亮介は時間が潰せそうな飲食店を覗いていった。学生の姿が多いのは、全国チェーンのコーヒーショップやファストフード店だ。きょろきょろしながら歩いていると、運がいいことに、車が行き交う道の反対側の歩道に凛がいるのを見つけた。

「あっ、凛くん……」

声をかけようとしたとき、凛が亮介ではないだれかに手を振った。手を振りながら足早にやってきたのは、見覚えのあるダウンジャケットを着た中年の男だった。

（歌舞伎町で見た男だ……！）

間違いない。歌舞伎町で凛とともにタクシーから降りてきた男だ。中肉中背で、すらりとしたバランスのよい体格をしている。手入れがされていない白髪交じりの髪と、窶《やつ》れた顔からして、あまり裕福な方ではないように見えるのは、前回見かけたときとおなじだ。あれが『杉本パパ』なのか。歩夢はたしかに凛は今日、杉本という人物に会う約束をしていると言っていた。正体不明の二人の男は同一人物だったのだ。

亮介に気づかないまま、凛と杉本は笑顔でハグをした。凛はちょっと小首を傾げて、いつも亮介にしているように甘えた目で杉本を見上げている。自分以外にもそんなしぐさをして見せている凛に、亮介は苛立った。

「凛くん！」

衝動的に名前を呼んでいた。ハッとして凛が反対車線の歩道にいる亮介を振り返る。杉本もこちらを見た。なにか凛に話しかけているが、行き交う車の音で聞こえない。

凛が亮介から目を逸らした。杉本の腕を引き、駅の方向へと駆け出す。逃げるつもりか。

道を渡りたいが、夕方になってきて車の量が増えてきていた。簡単に渡れそうにないので、亮介は横断歩道を探した。数十メートル先にあったので、そこまで駆ける。だがそんな亮介を見たのか、凛がタクシーを止めた。

「凛くん！」

停車したタクシーに杉本を押しこみ、凛も乗りこんでしまう。亮介が見ている前で、二人を乗せたタクシーは走り去ってしまった。

◇

タクシーから降りた凛は、杉本の手を取ってホテルの中へと入った。真新しいシティホテルのエントランスは、落ち着いた雰囲気を演出する間接照明と、一脚ずつ手作りされたという優美《ゆうび》な曲線を持つ椅子が配置されていて、杉本はへっぴり腰になった。

「ここの中の店なのか？　すごく高そうなんだが……」

「大丈夫、そんなに高くないから。今夜は僕が奢ることになってるでしょう？　気にしな

Price
SET

いの。小籠包《しょうろんぽう》がすごく美味しいんだから」

以前、家族でこのホテルの中華料理店を利用した。椎名の父はあまり贅沢《ぜいたく》を好まない人で、連れていってくれる店はリーズナブルな料金設定のところが多い。このホテルの中華料理店もそうで、遠慮なくお腹いっぱい食べることができるのだ。

「ほらほら、こっちだよ」

エレベーターホールには、館内の飲食店目当てに来ているらしい人たちが、何人もいた。

不意にコートのポケットの中で携帯電話のバイブ音が響く。さっきから何度も震えている機械を、凛はことごとく無視していた。本当に鬱陶しかったら電源を切ってしまえばいいのに、それは怖くてできない。たとえ応答しなくても、亮介と繋がっていたかった。

「凛、電話だろ？」

杉本の指摘にぐっと奥歯を噛みしめて、返事をしない。

「いい加減、出てあげたら？　さっきの彼だろう？」

「お父さんには関係ないよ」

「そうだね、関係ないね。でもチラッとだけだけど、見てしまったからなぁ……。それに、まるで彼の前から凛を攫ったような感じになっちゃったし」

杉本は苦笑いしている。凛は関係ないなんて言ってしまったことを、すぐに反省した。

しばらくして、携帯電話のバイブ音は止まった。

「彼、どういう人？　友達…にしては、年上だよね」

「………………」

「スーツ姿だったから、会社勤めしているんだよね。平日の夕方にあんなところにいるってことは、わざわざ凛に会いに来たんじゃないの？」

そう言われればそうだ。亮介がわざわざ電車を乗り継いで大学近くまで来たことなどない。昨夜のことがあって、凛に会うために来てくれたのかもしれない。

（僕が、メールや電話をすべて無視していたから……）

もしかして会社を早退したのだろうか——。そこまでしていなくとも、定時で会社を出て急いで駆けつけてきたのかもしれない。ノー残業デーでもないのに。

メールはすべて読んでいる。亮介は昨夜の発言を何度も謝ってくれていた。直接会って、話をしたいとも言っている。凛は、亮介に会う勇気がなかった。アダルドグッズを見られて、しかもヤケクソになって自分に使ったと暴露《ばくろ》してしまったのだ。

どんな顔をして亮介の前に出て行けばいい？　そんなの、恥ずかしすぎて死ねる。

「凛……彼が好きな人なのか？」

こそっと耳元で訊ねてきた杉本を、凛はハッと振り返った。ちょうどそのとき、チンと軽い音とともにエレベーターが一基到着して、扉が開いた。待っていた人たちが乗りこんでいく。凛と杉本が動かないでいたら、扉が閉まって箱は上がっていった。

二人きりになったエレベーターホールで、凛はぴかぴかに磨かれた床を睨みつけるようにして凝視する。

「ケンカでもした？」

「……ケンカじゃない……」

あれはケンカなんかじゃなかった。いっそのことケンカならばよかった。

「まだ好きなら、素直になった方がいいよ」

杉本はどうやら勘違いしているようだ。凛と亮介は付き合っていると。

「お父さん、僕はあの人と付き合っているわけじゃないよ」

「えっ、そうなのか？　凛といっしょにいるぼくを見る目がものすごく怖かったから、てっきり凛の彼氏で、間男《まおとこ》だと誤解されたのかと思ってた」

「間男？　お父さんが？　ああ、でも、そうだね……ありそう」

間男とはかなり意味が違うが、亮介は凛が援助交際まがいのことをしていないかといらぬ心配をしていた。杉本と二人で歌舞伎町にいたのを見たからだ。

「お父さん、あの人はね、義理の兄だよ」

「えっ……てことは、椎名さんの息子さん？」

「そう、それで、僕の好きな人」

「やっぱり」

「でも彼氏ってわけじゃない。僕のことを弟としてすごく可愛がってくれてはいるけど、それだけ。一度告白したけど断られてるからさ」

「告白したのか？　凄いな」

「僕、凄いでしょ」

えへへ、と舌をだして笑ってみせたら、杉本がそっと抱きしめてくれた。そのままエレベーターホールの隅に置かれているベンチまで連れていかれて、並んで座った。

よしよし、と頭を撫でられる。友達の歩夢とは違う慰めに、涙が出そうだった。昨夜、一生分の涙を流したと思っていたが、まだ体内に残っていたらしい。

「凛はメンクイなんだな。すごく格好いい人だった」

「格好いいよ。それでエリートサラリーマンなんだ」

「椎名さんの跡は継がないのか？」

「義父さんは、義兄さんが大学生のときに、会社の役員会で世襲《せしゅう》制にはしないって宣言したんだって。いまどき世襲制なんて古い、能力のある社員が継ぐべきだ、って。義兄さんも義父さんの会社に入るつもりはなくって、普通に就職活動したって聞いた」

「ますます格好いいな」

亮介を褒められて、凛は我がこと以上に嬉しい。

「はじめて会ったときからずっと好きで、でもそのときまだ中学生だったから、十六歳になったら告白しようって思ってて、それで三年前の夏に言ったんだ。でもその場で『義理とはいえ兄弟だから』って断られた」

「そうか。でも男だからダメとは言われなかったんだ？」

「うん、だから一縷の望みが捨てきれなくて、義兄さんにつきまとっちゃってる。近づいてくる女たちを遠ざけたり、見合いに反対したり」

「凛ならやりそうだ」

杉本はくくくと笑って、背中を叩いてきた。

「それで昨日の夜、僕の部屋でアレを見られちゃって……」

「アレって？」

「お父さんに連れていってもらった歌舞伎町の店で買ったやつ」

杉本はギョッとしたように凛から体を引いた。

「えっ、見られた？　アレを？　その……アダルトなやつを？」

「うん、ばっちり見られた」

盛大なため息をつき、凛は項垂れる。あのときの衝撃を思い出すだけで、目の前が暗くなった。

「どうしてこんなものがここにあるんだって、義兄さんがすごく怒っちゃって」

「当たり前だよ。いかにも凛とは無縁そうなんだから」

「まあ、売り言葉に買い言葉っていうのかな、言わなくていいことまで言っちゃって、いまものすごく気まずい雰囲気なんだ」

「それで電話を無視しているんだ？　でも義兄さんは凛と仲直りがしたくて、わざわざ大学の近くまで来てくれたんじゃないの？　何回も電話してきてくれているし」

「それは……そうだけど……。怖いよ……」

なにを言われるのか怖い。自棄になって自分がなにを口走ってしまうかもわからないし。

おまけについさっき、亮介の前から逃げてしまった。

「もう可愛い弟の幻想が崩れたと思う。幻滅《げんめつ》されただけならまだマシだけど、もう顔も見たくないって言われたらどうしよう……」

大好きな人に嫌われたら、自分がいったいどんな精神状態になるのか、経験がないからわからない。

「バカだなぁ、凛」

杉本が凛の頭をくるむように抱きしめてくれた。親のぬくもりに縋るように、凛もダウンジャケットに包まれた背中に腕を回す。

「さっきの義兄さんを見て、本気で嫌われたかもなんて思ったのか？　間男だと誤解したような目つきでぼくを睨んでいたんだよ？　凛といっしょにいる僕に嫉妬したに決まってる」

「えっ、嫉妬？」

がばっと顔を上げた凛に、杉本が優しく微笑んだ。荒れた手で凛の滑《なめ》らかな頬を撫でてくれる。

「こんなに可愛い子を嫌いになれるわけがないだろう。ぼくが言っているのは容姿のことだけじゃないよ。もちろん凛はとびきり可愛い顔をしているけど、ここも可愛い」

ここ、と杉本に胸を指さされた。

「凛は一途で、健気だ。きっと義兄さんに出会ったときから、彼のことしか見てこなかったんだろう？　一切の脇目も振らず、ただ一直線に彼のことだけ」

「……うん……」

「凛のこの曇りのないきれいな瞳で一心に見つめられたら、どんなカタブツでもころっと参ると思う。彼が凜のことを弟としか思っていなかったとしても、三年前の夏に告白してからずいぶんたつから、もしかして凜のこの一途さに絆《ほだ》されて、ぐらぐらしているかもしれないよ。だからぼくに嫉妬した」

「……そうかな……」

「とりあえず、電話に出てあげなさい。怖がってばかりいないで、話をしないとダメだ。このまま疎遠《そえん》になったりしたら、後悔するのは凜だよ」

「疎遠……」

亮介との縁が遠くなってしまうことを想像したら、背中がヒヤリとした。凜は亮介の会社の事情をなにも知らない。四年半もの間の海外赴任を経験しているが、二度とないとは限らない。また亮介が海の向こうに行ってしまうかもしれない可能性に思い至り、凜は動揺した。

会おうと思えば会える距離にいることで、ずいぶんと傲慢《ごうまん》になっていたようだ。年に二回しか会えなかった時期、凜は亮介との一分一秒を宝物のように大切にしていたのだ。

またコートのポケットの中で、携帯電話が震え出した。そっと取り出すと『兄さん』と表示されている。

「ほら、出なさい」

励《はげ》ますように肩を揺さぶられて、凛は思い切って応答してみた。

「も、もしもし？」

『凛くん？　凛くんだね。ああ、やっと出てくれた……』

亮介のこんな弱々しい声を聞いたのははじめてだと驚くほどに、力のない声だった。

『いまどこにいる？　話がしたいんだ。会って謝りたい。迎えに行くから』

急くように一息で四つの用件を口にした亮介は、凛の顔も見たくないとは思っていないようだった。迎えに行くと言われて、頑固に閉じていた亮介向けの心の扉がほんのわずかに開く。けれどいま凛は杉本といっしょにいて、これから食事をする予定になっている。

「あとで、連絡する。いまはちょっと……」

『杉本という人と二人なんだろう。いまどこ？』

「これからご飯を食べに――」

『いま、どこにいる？』

「だからご飯を…」

「どこにいるのか教えてくれ」

有無を言わさぬ感じの亮介に、凛は戸惑った。亮介は本当に杉本をやましい関係の相手だと思っているのだろうか。だとしたら、現在地を教えるわけにはいかない。

『義弟が世話になっているんだ。挨拶したい。当然だろう？』

「…………本当に挨拶したいだけ？」

『挨拶だけだ』

そんな緊迫した声で約束されても、いまいち信用できない。携帯電話を顔から離し、杉本の顔を見た。

「どうした？」

「その……義兄さんがいまどこにいるのか言えって……。僕が世話になっているのなら挨拶したいって……」

「ああ、そういうこと。いいよ」

あっさりと頷いた杉本に、凛は「いいの？」と驚いた。

「いいよ。ほら義兄さんに返事してあげなさい」

「……うん」

凛は困惑しながら亮介にホテル名を告げた。

『ホテル？　どうしてホテルなんだ？』

「ここの中華、美味しいじゃない。義父さんに連れてきてもらったとき、たしか義兄さんもいたよね？」

『ああ、それはそうだが……』

電話の向こうでしばし沈黙が落ち、通話が切れてしまったのかなと思って「義兄さん？」と呼びかけたら『いますぐ行く』と返ってきた。今度こそ本当に通話が切れた携帯電話をぼんやり眺める。

「さて、凛」

杉本がベンチから立ち上がった。

「エントランスロビーで義兄さんが来るのを待っていようか」

「ご飯はどうする？　早めに店に入れば待たなくていいと思って予約を入れていないんだ。いまから電話で予約を取ろうか」

「またの機会にしよう」

「えっ、どうして？」

杉本はふっと苦笑いして、「バカだね」と凛の頬を指先で撫でた。

「駆けつけてきた義兄さんが、ぼくに挨拶しただけで『じゃあ』って帰るわけがないじゃないか」

「この人はお父さんだって説明するつもりだけど、それでもダメかな……」

「凛にとっては父親だけど、彼にとっては赤の他人だからね。この場では実の父親かどうか確認のしようもないし、信用できないと思う」

「……ごめん……」

「凛が謝ることじゃないよ」

凛と杉本は手を繋いでエレベーターホールからエントランスロビーに移動した。

◇

「釣りはいらない」

亮介はタクシーの運転手に紙幣《しへい》を渡し、ホテルの前で車を降りた。エントランスに向かって大股で歩きながらコートのポケットから携帯電話を出す。このホテルに凛がいることはわかったが、どこにいるのか聞きださなければならない。

自動ドアがゆっくりと開いていく速度にさえイラつき、亮介は肩でこじ開けるようにして館内に入った。

中華料理店で食事をする予定だったらしいから、そこに行けば捕まえられるだろうか。

（こんなホテルで堂々と…っ）

杉本という男が部屋を取っていて、食事のあとに連れこむつもりだとしたら、凛はどうするのか。それとも、凛が望んで、このホテル内の店を選択したのだろうか。

（いや、そんなことは絶対にない。凛くんに限ってそんなことは……）

凛は決してバカなことはしないと信じている。いままでもしていないし、これからもしない。

「義兄さん」

思いがけずエントランスロビーの端で声をかけられ、電話をかけようとした手をとめて振り向いた。ロビーの椅子から立ち上がりかけた凛を見つけて、一瞬、なぜこんなところにいるのか理解できず、茫然と立ち尽くしてしまう。

「凛くん？」

うん、と頷いた凛は、「早かったね」と上目遣いで言った。この目に亮介は弱い。うっと言葉に詰まりそうになり、微妙に視線をずらした。

「タクシーで飛んできた。それより……食事をする予定だったんだろう？　こんなところでどうしたんだ？」

「どう……って、義兄さんが来るって言うから、待っていたんじゃないか」

「待っていたのか？」

「そうだよ。来てくれるのがわかっているのに、店に入って小籠包なんか食べている場合じゃないでしょ」

「それは、そうだが」

凛の背後の椅子から、中年の男が立ち上がった。見覚えのあるダウンジャケットを着ている。人相も記憶と一致した。この男に間違いない。

男は亮介に頭を下げてきた。

「はじめまして、杉本壮太といいます」

「……はじめまして、椎名亮介です。凛の義兄です」

亮介は軽い会釈だけして、名刺を渡した。名刺には有名企業本社の営業部であることが書かれている。この杉本という男がどんな仕事をしているか知らないが、肩書では負けないと威嚇したつもりだった。

「さすが椎名さんの息子さんだ。立派な会社にお勤めで……」

杉本はフッと笑い、名刺を恭《うやうや》しく両手で目の高さにまで上げ、自分の財布にしまう。その財布はいま穿《は》いているジーンズとおなじくらいぼろぼろだった。

「私の父をご存知ですか……?」

もしかしてどこかで会っているだろうかと記憶を探ったが、なにも引っかかってこない。

「椎名さんとはお会いしたことはないですよ。ただどういった会社を経営しているのか、ちょっと検索したことがありまして。あとは、その、椎名家の評判とか、やはりすこしは気になったので、調べました。でも調べたといっても、ほんのちょっと耳に入れただけです」

すみません、と杉本は恐縮している。想像していた展開と違いすぎていて、亮介は問うように凛を見た。

てっきり、凛を毒牙《どくが》にかけようとしている変態オヤジだと思っていたのだ。だが杉本からは敵意はまるで感じられないし、椎名家の人物相関図が頭に入っているらしい。つまり、行きずりの関係ではなく、あるていど交流がある相手なのだ。

「義兄さん、この人のこと、誤解しているみたいだけど、変な人じゃないから」

凛がまた上目遣いで亮介を見てくる。慌ててまた視線を逸らそうとして、凛のつぎの言葉に驚愕した。

「僕の実のお父さんだよ」

「…………えっ……?」

かくん、と顎が落ちて、亮介は口を開けたみっともない顔を杉本に向けてしまった。

「三歳のときに離婚して、僕は母さんに引き取られたけど、年に何回か……学校行事とか誕生日とかには会ってたんだ。椎名の父さんと再婚してからは、お父さんの方が遠慮して、連絡が途絶《とだ》えて、会っていなかった。最近になってからわざわざ大学まで僕を訪ねてきてくれて――。それで、何度か会ってた」

「実の父親……」

想定の範囲外の正体に、亮介はしばし茫然としてしまった。まじまじと、杉本と凛の顔を見比べてみる。あまり似ていない。凛は母親似なのだとわかる。

「凛くん、それならそうと、どうして早く言ってくれなかったんだ。俺はとんでもない誤解を……――いや、凛くんのせいじゃないな。俺が悪い」

亮介は沈痛な気持ちで目を閉じ、ため息をついた。

勝手に邪推《じゃすい》して、凛に暴言をぶつけたのは亮介だ。どうして言ってくれなかったんだ、と責めるのはおかしい。あのとき、動揺していた亮介は一方的にわめきたてていた。凛がそれを遮って、冷静に説明できる状況ではなかった。

説明させなかったのは、亮介の方だ。

「……悪かった……」

「義兄さん」

「いろいろと酷いことを言ってしまった。すまなかった。本当に、俺がぜんぶ悪い。凛くんを泣かせるなんて、俺は――」

ほとんど腰を九十度に折って謝罪した。なんならこの場で土下座してもいいくらいの気持ちでいたが、「義兄さん、顔を上げてよ。人が見てる……」と困った声で言われて、やめた。確かにホテルのエントランスロビーでそんな真似をしたら、亮介は構わなくても凛と杉本が構うだろう。

「あの、知らなかったこととはいえ、失礼な態度をとってしまい、大変申し訳ありませんでした」

杉本にも頭を下げる。目尻に皺を作って微笑んだ杉本は、「気にしていませんから」と柔らかな声音で宥めるように言ってくれた。

「大切な義弟が不審な人物と会っていたら、心配するのは普通です。ぼくが最初から椎名さんを通して凛に会っていたら、なんの問題もなかったんです。内緒で会いに行ったから、凛も内緒にしてくれただけで」

「お父さんはなにも悪くないからね」

横からすかさず凛が杉本を庇《かば》う。二人が親子だとわかったのに、亮介は胸の奥がチリッと焦げつくような嫉妬を感じた。

「いや、ぼくも悪かったよ。頼まれたとはいえ、夜の歓楽街に未成年の凜を連れていっちゃったし……。考えナシだった」

歌舞伎町のことか、と亮介はすぐに察した。

「あれは、僕が無理やり頼んだんだから」

凜はほんのりと頬をピンク色にして唇を尖らせている。恥ずかしがっている様子がたまらなく可愛い。原因はいただけないが。

(ん？)

亮介はやっと周囲に注意が払えるだけの余裕が持てるようになった。自分たちを遠巻きに眺めている人が何人かいる。奇妙な三人組だと思われているだけでなく、凜をじろじろと意味深な目で見ている男や女を発見し、亮介は「場所を移しましょう」と凜の腕を掴んだ。

「なに？　義兄さん」

「ここでは目立ちすぎる。どこかに移ろう」

「義兄さんが目立つような言動をしたからじゃないの？」

その通りだが、きっかけは自分でも、さらに視線を引き付けているのは凜の可愛さだ。

「部屋を取ってくる。なんなら凜くんとお父さんはそこに泊まってくれてもいいし」

「えっ、ホテルに泊まってもいいの？」

わあっと喜んだ凛の横で、杉本が目を丸くしたあと、じわりと顔色を悪くした。

「そんなことしてもらわなくてもいいです。自宅に帰れる距離で、まだ余裕で電車も動いているのに、わざわざホテルに泊まるなんて……そんな……」

「お父さん、遠慮しなくていいよ。義兄さんの奢りだから。そうだ、ルームサービスを注文して、優雅に夜景でも見ながらお喋りしようよ」

「そんな贅沢なことをしたらバチが当たるよっ」

杉本は完全に青くなり、両手で頬を押さえている。ほとんど、某ムンクの有名な絵画のような形相《ぎょうそう》だ。

「凛、ぼくは帰るよ。君は義兄さんと帰りなさい」

「えっ、帰っちゃうの？」

「また連絡するから」

「本当に連絡してよ」

「うん、約束する。じゃあね」

杉本は亮介が唖然《あぜん》としているあいだに、そそくさとエントランスロビーから出て行ってしまった。残された亮介と凛は、しばし立ち尽くす。

「…………義兄さん、お父さんは悪い人じゃないでしょう？」

「ないな」

「ちょっと控え目なくらいの性格で、まあ、その、贅沢は敵だ、みたいな人なんだよ」

「それはよくわかった」

　頷きながら、凛の母親を思い出す。いまごろ椎名家で父の帰りを待ちながら、彼女はリビングで趣味のレースを編んでいるだろう。通いの家政婦はそろそろ帰る時間だ。玄関でねぎらいの言葉をかけ、おっとりと花のように微笑む、いつまでも少女のような女性。

（あの人と、杉本さんは、合いそうにない……か）

　離婚の理由は、杉本の浮気と借金だったと聞いている。あの気の弱そうな人が、そんな大胆なことをしでかしたとは思えないが、浮気と借金が事実ならば、結婚生活が相当のストレスだったのだろう。

　相手をいくら好きでも、生活が合わないこともある。そうした事例の典型だったのかもしれない。現在、凛の母親は父との仲も良好で幸せそうだ。

（これで良かったということなんだろうな）

　杉本のあの様子だとおそらく再婚はしていないだろうから、子供は凛だけということになる。会いたくなって会いに来たのは、不自然でもなんでもない。凛は父親と死別したわけではないと知っていたのに、どうして「ダウンジャケットの中年男」を実の父親だと思いつかなかったのだろうか。

つくづく、思い知らされた。ずいぶん前から、自分は凛を家族としてではなく、恋愛対象として見ていたのだ。鈍いにもほどがある。そうかもしれないと思いはじめてから認めるまでも、ずいぶんと月日を浪費してしまった。

亮介はため息をついて、近くにあった椅子に座った。なんだかドッと疲れが押し寄せてきて、体が重い。両手で顔を覆い、目を閉じる。自己嫌悪に押し潰されそうだった。

「義兄さん、具合が悪いの？　大丈夫？」

肩にそっと手が置かれる。凛だ。のろのろと顔を上げ、凛を真正面から見つめる。

ああ、やっぱり好きだ――。

しみじみと想いを噛みしめた。

「……凛くん、ちゃんと話をしたい。三十分でいいから、俺に時間をくれないか」

「いいよ。一時間でも二時間でも。僕も、話したいことがあるから」

「ありがとう」

亮介は肩に置かれた凛の手を取り、両手でぎゅっと握りしめた。

◇

ホテルの前で乗ったタクシーを、亮介のマンションの前で降りる。二歩ほど先を歩いてエレベーターのボタンを押した亮介の背中を、凛は無言で見つめた。

ひさしぶりの訪問だったが、凛の胸は高揚の高鳴りとは程遠く、暗く沈んでいた。

ホテルのエントランスロビーで杉本と別れてから、亮介の提案でマンションにやってきた。凛と二人でホテルの部屋を取るのもおかしな話だから、それはそれで構わない。タクシーの中で、亮介はほとんど口を開かなかった。真剣な顔で考えこんでいる亮介をチラ見し、凛は絶望的に落ちこんだ。

（もう、完全に呆れられたよね……。内緒で会っていたのがお父さんだって僕が言わなかったせいで、義兄さんは余計な恥をかいたようなものだし、すごく心配をかけさせちゃった……）

それに、自分が義兄にどんな目で見られているのか、わかってしまった。

小金欲しさに援助交際まがいのことをやりかねないやつだと、亮介は思っていたのだ。

そう問い詰められたとき、もちろんショックだったが、時間がたつにつれてショックは深い悲しみになった。学校には真面目に通い、勉強だって自分なりに頑張り、両親にはあまり逆らわず、精一杯、いい子でいたつもりだった。

すこしでも亮介に気に入られたくて。

けれど、ぜんぜん効果はなかったようだ。

亮介のあとに続いて黙って部屋に入り、凛は見慣れたリビングで立ち尽くした。汚いというほどではないが適度に散らかったリビングからは、亮介の生活が感じられる。ここに来るのも、これで最後かもしれないと思うと、寂しかった。

「……エアコン、つけてくれないか。コーヒーでも淹れるから、座ってて」

亮介はそう言いながらスーツのままでキッチンに入っていく。凛は言われた通りにリモコンで暖房をつけ、リビングのソファに座った。

数分で、亮介がマグカップを二つ持ってキッチンから出てくる。一つを手渡してもらい、凛は中身がカフェオレだと気づいた。一口飲むと、ミルクとコーヒーが凛が好きな割合になっている。亮介の優しさとカフェオレの温かさが、じんわりと体に染みた。

亮介は自分の分のマグカップを持ったまま、凛の隣に座る。亮介のカップの中身はたぶんブラックだ。その飲み方に憧れて、一時期、凛も挑戦したことがあったが、どうしても美味しいと思えなくて無理だった。

(やだな……さっきから、いままでのことばかり思い出してる……)

無意識のうちに心の整理をしようとしているのかもしれない。これからの長い人生を、亮介なしで過ごしていくためには、きっと記憶の整理が必要なのだ。

「凛くん」

亮介はローテーブルにマグカップを置き、両手を自分の膝に置いた。そして深々と頭を下げる。

「あらためて、謝らせてくれ。酷いことを言って、申し訳なかった。この通りだ」

「義兄さん……」

凛もマグカップをテーブルに置き、慌てて亮介の頭を上げさせる。

「それはもういいよ。さっき何回も謝ってもらったから」

「いや、でも、俺は言ってはいけないことを言った」

「たしかに、あんなこと……証拠もないのに言っちゃいけないよね」

「うっ」

亮介は言葉に詰まり、無言でまた頭を下げる。目線にある亮介の後頭部を見つめ、凛はぼんやりと(ハゲる兆候《ちょうこう》はないみたい…椎名の父さんもハゲてないしね…)と関係ないことを考えた。

「僕も誤解されるような行動を取ったから、全部が義兄さんのせいじゃないよ。お父さんのこと、変な人呼ばわりされて、ちょっとムカついて……それと同時に情けなくなって、うっかり切れちゃったのはマズかったなって、反省してる」

いつまでも可愛らしくて無垢な義弟を演じる必要がなくなったからか、凛は素直な気持ちを自然に口に出していた。

「杉本のお父さんには、いろいろと話を聞いてもらっていたんだ。その、男同士の恋愛のこととか」

「えっ？」

「三年前の夏に、僕、義兄さんに告白したんだけど、覚えてる？」

「それは、もちろん。忘れるわけがない」

「きっぱり断られて、それ以降はまるでなにもなかったように振る舞われて、僕もそれに乗っかるかたちでいままで通りにしてきたけど、義兄さんは僕に甘くて優しいから嫌いになれないし、でも関係は変わらないしでつらくて……。それにこれでも十九の健康な男だから、セックスに興味があって」

「セ、セッ……ク……？」

亮介が言葉を詰まらせる。どうやら凛の口からそういう言葉が出ると動揺してしまうらしい。やはり亮介の中で、凛はいつまでも子供なのだろうか。

「いままで、義兄さんのことは歩夢にしか話せなかった。歩夢は、僕が子供のころから男の人ばかり見ていたのを知っていたから、その流れで義兄さんを好きになったことも言ってあったんだけど……。お父さん、僕の話を真剣に聞いてくれて、なにがあっても僕の味方だって言ってくれた。嬉しかった」

「凛くん……」

「お父さんのこと、悪く言わないで。歌舞伎町に行ったのは、僕が頼んだからだよ。自分用にバイブとかローションが欲しくて、お父さんに頼んでアダルトショップに連れていってもらったんだ。一回しか行っていないのに、それを義兄さんに見られちゃうなんて、すごい偶然だよね」

ははは、と自虐的に笑うしかなくて、亮介がどんな表情をしているかは見なかった。

「そういえば、その日、義兄さんが電話してきたけど、あれって僕に歌舞伎町でなにをしていたのか問い詰めるつもりだったの？」

「……そうだ」

「そっか、いつもはメールなのにおかしいなって思ってたんだ。じつは、あの電話がかかってきたとき、買ってきたばかりのグッズをちょうど試してて」

ギクッと亮介が全身を硬直させたのがわかった。隣に座る体から、ものすごい緊張感が伝わってくる。亮介は人並み以上にアダルトグッズに関してアレルギーがあるのかもしれない。まったく受け付けずに、冗談ですら拒否するタイプの人がいると聞いたことがある。その点、歩夢もアキちゃんもそういう人ではなかったので、ありがたかった。

「た、試す……って……」

「ほら、義兄さんに『なんでこんなものがここにあるんだ』って怒られたとき、僕は『自分で使うために買った』って言ったでしょう。使ってみたんだよ。自分に」

「凛くん、それは……言わなくてもいいから」

「どうして？　説明しろって言ったの、義兄さんだよ。あれが僕の部屋にあったのは、僕が自分で買ったからだ。それを試している最中に義兄さんから電話がかかってきたの。すっごいびっくりした。僕、変な声で返事しちゃってなかった？」

もうほとんど自棄だ。生々しい話なんて亮介にしてこなかったから、その鬱憤《うっぷん》がどこかに溜まっていたのかもしれない。普通の男兄弟だったら、どのていどまで話すんだろう。加減がわからない。

「僕さ、男の人に抱いてもらいたい方なんだ。ごめんね、気持ち悪いこと言って」

軽い口調で言って、「あははは」と笑い飛ばしてみた。重くて気持ちの悪い話を暗い口調で言ってもおもしろくないからだ。けれど、どうしても涙が滲んできて、こぼれ落ちそうになる。慌てて俯いたら、ぽとりと膝に落ちた。パンツの生地《きじ》に染みたそれを、亮介に見られた。

「凛くん、もう無理に話さなくていいよ。ごめん、説明しろなんて言って。凛くんがもう十九歳で、そういうことに興味がある年頃だってこと、俺はきちんと理解できていなかった。いつまでも出会ったときの十三歳のままだと思っていたのかもしれない。ごめんね。本当に悪かった……」

亮介は悄然《しょうぜん》と肩を落とし、背中を丸める。そこに颯爽《さっそう》としたエリートの面影《おもかげ》はなかった。こんな亮介を見たのは、はじめてだった。

「……俺は、暴言を吐いたときの俺を殴ってやりたい。凛くんのこと、わかっているつもりだった。はじめて会ったときからすごく可愛いと思ってて、こんな子が弟になってくれるなんて幸運だと嬉しかった。大切にしていきたいと、本当に思っていたんだ」

それは知っている。亮介は凛をとても大切にしてくれた。凛の甘えからくるわがままを優しく受け止めてくれていた。

「だけど、凛くんがなにを考えて、なにを求めているか――深く考えたことはなかった。俺はただ、理想の兄であろうとして、自分を守ることで精一杯で、凛くんを正面から見て理解しようとはしていなかったんだな……」

ため息をつき、亮介は両手で頭を抱えこんだ。

「義兄さん……どうしたの、いつもの義兄さんらしくないよ……」

「それを言うなら、凛くんだっていつもの凛くんらしくない。露悪《ろあく》的に、言わなくていいことまで喋って、自分を卑下《ひげ》して——そんなふうに言わせたのは俺だろうとわかっているけど、つらいよ」

両手で亮介は髪をぐしゃりと乱した。苦悶《くもん》の呻きが漏れ聞こえてくる。

凛が胸の内を明かすことで、亮介がこれほどまで苦しむとは思わなかった。ずっと可愛い義弟を演じ続けていればよかったのか？　いや、遅かれ早かれ、破綻《はたん》していただろう。死ぬまで無理をすることは不可能だ。

「俺と凛くんは、信頼関係を築けていなかったということなんだな……。凛くんが本心を歩夢くんと杉本さんにしか話せなかったのは当然だ。俺は、凛くんの本当のところを知ろうとしていなかった。君に、ペットみたいに可愛がるだけでなにもくれなかったと言われて、頭を思い切り殴られたような衝撃だった……。たしかに、そう言われればそうだったかもしれない」

「あれは言い過ぎたと思ってる。可愛がってもらえて、幸せだったよ。義兄さんがいたから、僕は母さんの再婚に賛成したようなものだし」

「本当に欲しいものはなにもくれなかったとも言われた」

「僕が本心を晒《さら》していないのに、本当に欲しいものなんてわかるわけないよね。心が読める能力者じゃないんだし。ごめんなさい」

「いや、凛くんが謝る必要はない。俺が悪い。悪いのは、俺だ」

亮介がおずおずと手を伸ばし、凛の手に触れてきた。凛が拒まずにいると、両手で包みこむように握ってくる。ホテルのロビーで「話したい」と縋るようにそうしたときとおなじ。

「いつまでも凛くんは子供だと思っていた。そう思いたかった。凛くんが子供のままなら、だれのものにもならないから。親に庇護されていてくれれば、俺は安心していられた。だから今回のことでは、自分でも驚くほど取り乱してしまった。君がいつのまにか大人になっていて、俺の知らない人と夜の街を歩いていて、俺の知らない……玩具《おもちゃ》を欲しがって使うようになるなんて――」

「僕のこと、嫌いになった?」

「まさか」

否定は早かった。

「成長するのは普通のことだ。ただ俺がわかっていなかっただけ。いくつになっても凛くんは凛くんで、とても魅力的だ。嫌いになんて、なるわけがないだろう」

叱るように言われて、口先だけの言葉ではないとわかる。

「君の方こそ、俺を嫌いになっていないか？　わからず屋で、短絡的で、カッとなって怒鳴るような男だ。君の理想の兄の姿からはほど遠いだろう？」

「そんなことないよ。そもそも怒らせたのは僕だし、何度も謝ってくれたし、嫌いになるはずがない。義兄さんは、あいかわらず僕の理想の……人だ」

亮介は難しい顔で黙りこんでしまう。手を握られたままなので、凛は身動きがとれなかった。

「凛くん、三年前の告白は、いまでも継続しているのか？」

「えっ？」

「さっき、俺に断られたが嫌いになれなくてつらかったと言っていた」

「うん、言った」

さすが亮介は記憶力がいいと、凛は変なところに感心してしまう。

「いまでも、僕は義兄さんが好きだよ」

できるだけサラッと二度目の告白をする。いろいろと暴露して、いまさら好きじゃないなんて否定しても意味がないし、重々しく告げて亮介の心に負担をかけたくない。ここでふたたびきっぱり振られたなら、いっそ清々しいというものだ。

「ありがとう」

ひとつ息をつき、亮介が乱れた前髪のあいだから、ひたと見つめてきた。

「俺は、君のことが好きだ」

突然の、思いがけない言葉過ぎて、凛はしばらく意味がわからなかった。

「もちろん、兄弟としてではない。君を愛している。できれば、君をだれにも渡したくない」

熱のこもった声がにわかには信じられなくて、なにをどう返せばいいのかわからず黙っていると、亮介が真顔で首を傾げた。

「聞こえた？」

「……うん……、聞こえたけど、えっ……と、あの……、ホント？」

「本当だ。こんなウソはつかない。君にしたら、いまさらの告白だろうけど、俺は凛くんのことが好きだ」

「……いつから……？」

「正直に言うと、わからない」

「わからないの？」

「自覚したのは最近なんだが、たぶん、三年前の夏から意識しはじめたんだと思う」

「もしかして、あの花火大会の夜から……ってこと？」

亮介がちいさく頷いたのを見て、凛は一気にあの夜のことを思い出した。はじめての告白に胸をドキドキさせていたけれど、あっさり断られて愕然とし、涙を堪《こら》えながら夜空の花火を見上げていた――。

では、あの切なくてつらかった十六の夏は、無駄ではなかったのだ。亮介が凛を意識しはじめるきっかけになっていたのなら。

「凛くん、俺を臆病者《おくびょうもの》だと罵《ののし》ってくれていいよ。君に対する感情がすこしずつ変化していっていると気づいていたが、なかなか認められなかった。両親の手前もあったし、君のいまの気持ちを確かめて、俺のことをなんとも思っていないと言われるのが怖かった」

亮介を臆病者だなんて、凛が罵るわけがない。両親の気持ちを慮るのは当然だし、もう六年も会社勤めをしている亮介が世間体に配慮するのは普通だ。凛の方こそ、自分のことしか考えていなかった。好きという気持ちがあれば、なにをしてもいいわけではない。つねに相手のことを思いやらなければならない。

そこまで考えられるようになったのは、告白のあとからだ。凛も、あの夏の夜からすこしずつ大人になっていったのだろう。

「ひとつ、聞いてもいいか？」

とても言いにくそうにしながらも、亮介が「凛くんの恋愛対象は本当に男限定なのか？」とド直球で聞いてきた。思わず凛が苦笑いしてしまうくらいに。

「さっき、歩夢くんには打ち明けていたと言っていたが……」

「うん、そうだよ。女の子に、そういう感情を抱いたことはない」

「そうか……」

「義兄さんは？　ゲイじゃないよね？」

三年前、凛が告白したときに同性を恋愛対象にしたことはないと言っていた。それでも諦めきられなくて対象にしてもらうために努力してきたわけだけど。

「ゲイじゃない、と思う。男の子を好きになったのは、凛くんがはじめてだ。後にも先にも、同性に惹かれたのは凛くんだけだ。凛くん以外の同性とどうこうしたいなんて、考えたこともない。俺にとって、凛くんは特別なんだ」

「特別……」

胸にぐっとくる響きがある「特別」という言葉。凛にとっても、亮介はいろいろな意味で特別だ。

「うれしい」

ふふ、と笑みがこぼれる。そっと、まるで壊れ物のようにおそるおそる腕を回してきた亮介は、凛を優しく抱きしめてくれた。

「亮介さん……」

はじめて名前で呼んでみた。亮介がハッとしたように息を飲んだのがわかる。

もうずいぶん前から、名前で呼んでみたいと思っていたのだ。念願が叶って、凛は胸が一杯になる。

「凛くん、もう一度」

「亮介さん」

「もう一度」

「亮介さん……」

頬に亮介の手が触れてきて、顔を上げさせられた。静かに近づいてくる亮介の唇に、キスの予感がする。予感は間違っていなかった。優しく重なってきた亮介の唇は、軽く吸っただけで離れていったが、凛の唇に忘れられない痺れを残した。

「凛くん、愛してる」

はじめてのキスは、初恋の人であり、大好きな人との忘れられないキスになった。

「僕も……」

甘えるように亮介の頬に自分の頬をすり寄せる。耳元に唇を寄せると、亮介がブルッと震えた。あっ、と声を上げる間もなくソファに押し倒される。噛みつくようにキスをされて、凛は驚いた。さっきの優しいキスとは打って変わって、強引に舌で歯列を割られる。

「んっ……！」

亮介の舌が口腔《こうこう》に入ってきた。はじめての感触に戸惑ったのは最初だけで、すぐに気持ちよくて陶然となった。舌と舌を触れ合わせ、絡めたり歯を立てられたりすると背筋がぞくぞくする。上顎を擦られたときは、勝手に背中が浮いた。

服の上から亮介の両手がまさぐってくる。セーターの上から乳首を押されて、凛は喉で声を上げた。自分で弄《いじ》ってみたときはまったく感じなかったのに、亮介に服の上からちょっと弄られただけで電流が走ったような刺激が生まれた。

するりとセーターの下に手が滑りこんでくる。直に素肌を撫でまわされ、凛はキスされながら喘いだ。どこをどう触られても気持ちいい。その手が亮介のものだと思うだけで、全身が性感帯になってしまったかのように快感が駆け抜ける。

刺激を受けてツンと尖ってしまった乳首を、亮介の指がときおり捏《こ》ねるようにしたり擦るようにしたりする。びくびくと背中を震わせて、凛はのけ反った。

舌をきつく吸われて、亮介の口腔に引きこまれる。その舌を甘噛みされて、痺れるほどの快感に閉じたまぶたの裏で涙が滲んだ。唇が解放されたとき、凛の舌は感覚がなくなるほどに蕩けていてなにも喋れず、浅い呼吸をくりかえすので精一杯というありさまだった。

「凛くん、いいか？」

なにがいいのか、聞きたくても舌が動かなくて喋れない。凛に覆いかぶさっていた亮介はいったん上体を起こすと、一瞬たりとも凛から目を逸らすことなく、むしり取るように自分の首からネクタイを抜いた。凛のセーターをめくり上げ、胸を剥《む》き出しにすると、乳首にむしゃぶりついてくる。

「あっ、あっ、あんっ、やだぁっ」

きゅうっとなにかが吸い出されるような痛みと快感に、胸が浮き上がった。もう片方の乳首は指で摘まれて揉まれる。痛いほどの刺激が即快感に繋がることを、凛は無理やり覚えさせられた。

「凛くん、苦しいだろう。楽にしてあげる」

乳首を舐めながら亮介に言われ、なんのことかわからないうちに、いつのまにか前ボタンを外されていたズボンが下着といっしょにずるりと引き下ろされた。

「ひっ……！」

股間を大きな手で覆うようにされて、凛は息を飲む。そこはとうに勃起していて、濡れていた。胸にばかり意識が行って、自分が勃っていることを自覚していなかった凛は、驚きのあまり、両足を広げられても抗えなかった。

「ああ、凛くん……。とても可愛い。きれいだ」

凛の股間をじっと見つめている亮介が、感嘆したように呟いたが、そんなのは嘘だとしか思えない。男の股間がきれいなわけがない。それに可愛いとはどういう意味だ。サイズ感のことか。そうだったら酷い。

涙目で真意を問うように亮介を見つめたら、にっこりと優しく微笑まれた。

「大丈夫、すぐに楽にしてあげるから」

ちがう、そんな心配していない。そういう意味で見つめたわけじゃない。

そんな心の声が届くはずもなく、亮介は体を下方へとずらしていく。凛が見ている前で、亮介が——ぱくんと性器をくわえた。

「あ、んっ！」

あたたかく滑《ぬめ》った口腔にくわえられて、凛は頭が真っ白になる。はじめての感覚に、気持ちがついていかない。亮介は頭を上下させて唇で扱くようにしながら舌でくびれのあたりを舐めたり、手で陰嚢《いんのう》を揉んだりする。

「あ、あ、亮…っ、だめ、だめ、も……っ！」

強烈な快感を与えられて、凛はひとたまりもなかった。

「う………ああっ！」

堪えきれずにすべてを解き放ってしまう。間欠的に放出されるそれを、亮介が啜ってい
る。残滓《ざんし》まですべて飲まれてしまい、そのすさまじい快感に、凛は茫然と天井を見上げる
ことしかできない。

ソファに横たわったまま、衝撃のあまり指一本動かせない凛を、亮介が覗きこんでくる。

「凛くん、このまま進めても、いいか？」

なにを……と問う間もなく、凛の背中と膝裏に腕を突っこんできた亮介は、ひょいと持
ち上げて横抱きにした。びっくりして、慌てて亮介の首に腕を回してしがみつく。

「な、なに？　なに？」

「続きをしたい。いいよね？」

有無を言わさぬ口調で、亮介はそのまま寝室へ足を進める。決意が感じられる足取りに、
凛はうろたえた。まさかこんな一足飛びに関係が進められるとは予想していなかった。凛
が知らないあいだに、もしかして亮介はずいぶんと追い詰められていたのかもしれない。
もちろん、求められて嫌だとは思わない。凛だって、亮介とのセックスを夢見て自慰行
為に耽ることがあったのだから。だが――。

「待って、待ってよ、亮介さん」

凛をお姫様抱っこしたまま、器用に寝室のドアを開けようとした亮介は、眉間に皺を寄せ、怖い目で凛を見下ろしてきた。やっぱりできない、と凛が逃げようとしていると思ったのかもしれない。

「したくないわけじゃない」

最初にきっぱり言っておく。たしかにいきなりの行為にびっくりしたが、亮介にされるならなにをされてもいいくらいなのだ。欲しいと迫られて嬉しくないはずがない。だけど、凛には凛の事情がある。

「あのね、お風呂に入りたい」

ムッと亮介の口がへの字に歪んだ。

「そんなことは気にしない」

「僕は気にする。絶対にお風呂」

抱っこされた格好で主張する凛を、亮介はしばし無言で見つめていたが、ふう…とため息をついた。

「わかった」

「ありがとう」

「ただし、いっしょに入る」

「えっ？」

ギョッとした凛を抱いたまま、亮介は方向転換した。リビングを出て洗面所へ入っていく。洗面台の前で半裸の凛を下ろした亮介は、乱れたワイシャツ姿で風呂場に足を踏み入れ、浴槽に湯を溜めはじめる。勢いよく湯が吐き出されてもうもうと湯気が上がっている風呂場を背にして、亮介がワイシャツを脱いだ。

「ほ、本当に、いっしょに入るの？」

「その方が時間短縮になるだろう」

「でも、あの、僕は準備したいんだけど……」

セックスをするなら、たぶん亮介は挿入したいだろう。もともと女性と付き合っていた人だ。それに、凛も亮介と体を繋げてみたい。それには準備が必要だ。片想い歴が長かった分、ネットでの勉強もたくさんしてきた。その類《たぐい》の知識だけは蓄積されている。

その準備を、亮介の前ではできない。

「できれば一人でしたい……」

「手伝う」

「ええっ？」

とんでもないことを言われて、凛は一歩下がる。すかさず亮介の手が伸びてきて、腕を掴まれた。真剣な目が迫ってきて、「ほら、脱いで」とセーターを引き上げられ、つるりと頭から脱がされた。

亮介も全裸になる。しっかりと筋肉がついた亮介の体は、やはり凛の憧れだ。こうありたいと、大部分の少年が憧れるような、きれいな体だった。

（わあ……）

亮介は勃起していた。凛のものとは比べようもないくらい立派なサイズの性器が、へそにつくくらいの角度で反り返っている。まさか亮介がこんなにも高ぶっていたなんて、凛はまったく気づかなかった。自分のことで手一杯だったからだ。

チラ見のつもりが、目を逸らせなくなった。

「凛くん、そんなに見つめないでくれないか」

亮介が困ったように笑う。慌てて視線を逸らしたが、気になって仕方がない。

手を引かれて風呂場に入る。熱いシャワーの下で抱きしめられ、またキスされた。亮介の屹立《きつりつ》が、腹に当たる。熱くて、固くて、大きい。触れてみたくてたまらなかった。いや、触れるだけじゃ足りない。さっき亮介が凛にしてくれたように——。

「亮介さん、あの、してみたいことがあるんだけど……」

「なに？」

「……舐めて、みても、いい？」

どこを、とまで言わなくても伝わっただろう。虚を衝かれたような表情になった亮介だが、股間のそれがあからさまにびくりと動いて反応した。亮介は目を泳がせてすぐには答えない。凛は勝手に（拒まれてはいない）と判断して床に膝をついた。

右手でそっと幹を握る。力強く脈打つ屹立に、ドキドキしながら舌を伸ばして、裏側を舐め上げた。大好きな人の、夢にまで見た性器を舐めている事実に、凛は体中の血が沸き立つような喜びに包まれた。

「凛くん…っ」

焦った声が頭上から降ってきたが無視して、亀頭をぺろぺろと舐めまわす。特に味はしない。シャワーで汗が流れてしまったからだろう。先端の丸い部分をすべて口に含んでみた。それだけで凛の狭い口腔はいっぱいになってしまい、右手で幹を上下に扱く。陰嚢は左手で下から持ち上げ、柔らかく揺すってみた。

「うっ……く………」

亮介の呻き声が風呂場に響く。ぱんぱんに膨れ上がった亮介のそれは、いまにも爆発しそうだ。凛はこのまま果ててもらって、精液を飲んでみたいと思っていた。さっき凛のものも飲まれた。今度は凛が亮介の味を知る番だ。

ちらりと上目遣いで亮介の様子を窺うと、目が合った。直後に亮介の両手が伸びてきて頭を鷲掴みにされる。股間に押しつけられて喉に出されるのかな、と瞬時に期待したがちがっていた。

引きはがされるようにして股間から顔を離されたのだ。その直後、目の前の性器から大量の白濁《はくだく》が迸《ほとばし》った。半分くらいが凛の頬と顎にかかる。

(わあ、顔射だ)

笑顔になった凛とは対照的に、亮介は困ったように眉尻を下げた。

「……気持ちよくなかった？」

「気持ちよかったよ」

亮介は凛を立たせると、頬についた体液をシャワーで流してくれた。ついでに自分の股間も。

「でも凛くんは、こんなことしなくていい」

「どうして？　僕だって亮介さんを気持ちよくしてあげたい」

「俺が凛くんに奉仕するのはいいんだ。でも凛くんが膝をついてあんなことをしているのは……ビジュアル的にちょっと背徳感が強すぎるというかなんというか……」

意味がわからなくて首を捻ると、亮介は苦笑して「また、そのうちにね」と頬にキスをしてくれた。

それから凛の準備に取り掛かった。明るい風呂場であそこを洗ったり解したりするのは死にそうなほど恥ずかしかったが、亮介は頑として「手伝う」と言ってきかず、凛が泣いても喚いても懇願しても、結局、最後まで風呂場にいた。もちろん、いただけでなく、あれこれと手を出して凛を困らせた。

亮介は、一通りのことが終わってぐったりした凛をかいがいしくバスタオルでくるみ、ふたたび横抱きにして寝室まで運んでくれた。

ベッドにそっと寝かされる。フットライトだけが灯った寝室は薄暗い。その暗さに凛はホッと全身の力を抜き、亮介に身を委ねた。バスタオルが外されて、亮介が伸しかかってくる。ふたたび高ぶったものが下腹部に押しつけられて、凛はカーッと体が芯から熱くなってくるのを感じた。

「凛くん、俺のものにしていいんだね？」

うん、と頷いた凛に、亮介がもう何度目かのキスをしてくる。くちづけながら、亮介に体中を撫でられた。やっぱりどこを触られても気持ちいい。喘ぎ声をキスで奪われ、凛は縋りつくようにして亮介の首に腕を回した。

もうどうしていいかわからないほどに情欲が高まっている。どうにかしてほしくて、亮介に助けを求めるようにして股間を擦りつけた。ぬるりと滑ったのは気のせいじゃない。もう濡れている。

「亮、亮介さ、おねがい……、して……もっと……」

「なんでもしてあげる」

愛撫を欲しがって震えているそれを、亮介がきゅっと握ってくれた。はぁ…と息が漏れる。ゆるやかに上下に扱かれて、凛はごく自然に両足を広げた。もっと触ってほしくて。もっと気持ちよくしてほしくて。

「凛くん、足を、自分で持てる？」

促されるままに、凛は膝裏に手をかけ、引き寄せた。とても恥ずかしい格好だが、風呂場で準備を手伝われたときほどではない。それに、亮介に抱いてもらうには、指示に逆らってはいけないだろう。

「そう、いい子だ」

亮介の指が、陰嚢のさらに後ろへと触れてきた。さっき風呂場でさんざん弄られたそこは、ひどく敏感になってしまっているのか、撫でられただけで信じられないくらいの快感があった。

「あ、んっ」

指が入れられる。なぜかその指はぬるついていた。

「ただのハンドクリームだ。専用の潤滑剤《じゅんかつざい》は、こんど買っておく。どこのメーカーがいいのか、あとで教えてくれ」

クスッと笑われながら小声で言われて、凛も笑顔になった。だがすぐに亮介の指が浅いところを出入りしはじめて、喘ぐばかりになる。やっぱり気持ちいい。好きな人の指は、ディルドとは比べようもない。あれは所詮《しょせん》、道具でしかないのだ。

「凛くん、痛くない？」

うん、と頷くと、指が増やされた。広げられる感覚はすぐに快感に変わる。二本の指が粘膜をかき回すように動かされ、凛は無意識のうちに腰を揺らしていた。

「んっ、ん、あっ、んっ！」

「凛くん、感じるところは……ここだったか？」

「あぁぁぁっ！」

びくん、と腰が跳ねた。風呂場で発見されていたところを的確にぐりぐりと指で何度も押され、腰が勝手に波打つように捩れた。

「やあっ、やっ、あぁっ、あっ、あーっ！」

「凛くん、ここ、気持ちいい？」

「あっ、あっ、あっ」

　答えようにもまともな言葉が出てこない。半泣きになって喘ぐばかりだ。

「すごい……凛くん、指が吸いこまれていくみたいだ……。柔らかくなっているし、三本にしてもいいか？」

　三本目の指が入れられて、そこはいっぱいになった。未知の太さに、凛は慄《おのの》いた。

「凛くん……！」

　激しいキスに喘ぎすら奪われる。口腔をめちゃくちゃにされながら、同時に後ろを指で犯されている。どこをどう感じればいいのかわからなくなって、飽和状態の中、凛は絶頂に達しそうになった。

「まだだよ」

　寸前でぬるりと指が引き抜かれてしまい、行き場のない熱が腰の奥でぐるぐると渦を巻くようだ。そのままイカせてくれなかった理由がすぐわかる。くわえこんでいた指がなくなって物足りなくなっているところに、熱くて大きなものがあてがわれたからだ。

「あっ、ん、ああっ！」

　大きなものが粘膜をかき分けて押し入ってきた。ディルドよりも指三本よりも太いもので、そこが開かれていく。小刻みに出たり入ったりしながら、確実に奥へと侵入してくるそれは、亮介のあの雄々しい性器にちがいなかった。

苦しい。苦しくてたまらない。

けれど、やめてほしくないから、奥歯で悲鳴を噛み殺し、体が逃げないように自分の両足を持ち続けた。

奥へ奥へと確実に入ってくるものの圧倒的な大きさ。視界が涙で滲んだ。

ゆさっと体を揺すり上げるようにされて、さらに深く埋めこまれ、「あうっ」と苦しい声が出る。限界まで広げられたそこが、じんじんと脈打つように熱を発していた。

しばらくしてから亮介がひとつ息をつき、動かなくなった。臀部《でんぶ》に亮介の下腹部が密着したのがわかる。

「凛くん……愛してる」

「うん……」

またキス。宥めるように舌先で口腔を柔らかくかき回され、痛みに強張っていた全身から力が抜けていく。大きなものが埋めこまれた下腹部がわずかに疼《うず》いたような気がして、つい腰を振るように動かしてしまったのがいけなかった。

「うっ……く、凛くんっ」

「ひっああっ！」

いきなり亮介に奥を突かれて、まぶたの裏に星が散った。なにかのスイッチが入ったかのように、亮介が激しく動き出した。たくましい腕に肩を抱きこむようにされて、粘膜を擦られる。

「ああ、ああ、ああっ、やあっ」

痛みだけではない感覚が生まれた。指で弄られて感じたところに屹立が当たると、目が眩むような快感が走り抜ける。凄まじい射精感が襲ってきたが、後ろの刺激だけでまだイケるはずもなく、凛は無意識のうちに自分の性器に手を伸ばした。

「凛くん、ダメだ。もうすこし、我慢して」

その手を掴まれ、亮介によってベッドに張りつけるように押さえられる。

「あ、んっ！」

乳首に吸いつかれてのけ反った。さんざん弄られて赤く腫れたままになってしまっていた乳首が、亮介の舌に嬲《なぶ》られる。あちこちで火花が散るように快感が弾け、凛は泣いた。

もう亮介を気遣う余裕などカケラもない。ただ怖いほどの快楽の渦に巻きこまれ、処理しきれなくてもがいた。

「いやぁ、やっ、しないで、そんなの、ああっ、やーっ、あーっ、あーっ！」

「凛くん、泣かないで」

「ひぃ……、亮、介さぁん、亮……っ」

「いいときは、いいって言わないと」

「あっ、ん、いい、いいよぅ」

「そう、上手だね」

声だけは優しく、亮介は宥めるように囁いてくる。けれど下半身では容赦なく凛を貫いていた。もう亮介のサイズに慣れてしまったのか、凛の体は柔軟に凶悪なものを受け入れていて、無意識のうちに食《は》むように動いている。粘膜の動きに逆らうように引き抜かれたり、また埋めこまれたりして、凛は翻弄《ほんろう》された。

「凛くん、こうするとどう?」

「ああーっ！　あっあっあっ、だめっ、い……っ！」

律動にあわせて性器を扱かれると、意識が遠くなるほどの絶頂感に襲われる。

「い、いかせて、いかせて」

「そうだね。もういいかな」

射精を促されるように性器を擦られた。押し出されるようにして白濁がだらだらとこぼれていく。いっているのに亮介に責めつづけられた。絶頂感が途切れず襲ってきて、涙が止まらなくなる。

「ああ……凛くん……」

亮介が呻きながら動きをとめた。奥の方が熱いもので濡らされていくのがわかる。亮介が達したのだと頭の隅でわかったが、凛はそのまま気が遠くなった。

◇

ピピピピ……と頭の近くで電子音が鳴り響く。亮介は目を閉じたまま手を伸ばして目覚まし時計のスイッチを切ろうとした。

「あれ？」

届かない。いつもの場所にあるはずなのに――。スイッチを切らないといつまでも鳴り続けるのでうるさい。亮介は上体を捻ってしょぼつく目を開けつつ、枕元を見回した。

目覚まし時計はいつもの場所よりすこし遠くにずれていて、倒れていた。それで手が届かなかったのだ。時計の針は午前七時を指している。今日の日付も表示されているので、平日であることを確かめた。会社に行かなければならない。

体を起こそうとして、はたと気づいた。布団の中の自分は、裸だった。

なぜ裸？　と首を捻ろうとして、昨夜の出来事が一瞬で思い出された。息を飲んで自分の横にある羽毛布団の盛り上がりを見る。亮介のベッドはダブルサイズで掛布団もダブルなので、もう一人、いっしょに寝たのにゆったりと熟睡してしまっていた。

こんもりと盛り上がった布団からは、黒髪が一房《ひとふさ》だけはみ出ている。顔が見たい。確かめたい。記憶通りならば、亮介にとって最高に大切で、最愛の人がここにいるはず。

そっと布団をめくる。

「………凛くん……」

ああ、いた――と、亮介は感動で胸がいっぱいになった。いままで何度か凛の寝顔は見ているが、今朝はまた一段と可愛い。長いまつ毛が、ほんのり赤くなっている目尻に影を落としていた。昨夜、泣いたせいで目尻が赤くなっているのかもしれない。

（泣かせてしまったな……）

昨夜のあれこれを思い出すと、どうしても顔がニヤけてしまう。凛は想像していたよりもきれいで妖艶《ようえん》で、たまらなくエロかった。もう、立派な大人だ。だが本人が露悪的に、アダルトグッズで自分を慰めたと言っていたわりには、まったく慣れていなかった。やはり凛の体を最初に開いたのは無機質な玩具ではなく、亮介自身ということになるだろう。

凛の中に入れてもらったときの快感を思い出すと、朝立ちとあいまって羽毛布団の下で股間が元気になってくる。横に全裸の凛が寝ているのだから、勃起は不可避《ふかひ》だ。

こっそりと布団をめくり上げると、「ううん…」と凛が呻いて寝返りをうつ。亮介に背中を向けた。マシュマロのように白くて丸い尻が視界に飛びこんでくる。あの谷間に快楽の壺があると、亮介はもう知ってしまった。

昨夜、亮介は思い切り中に射精した。腰を振って、最後の一滴までも凛の中に出した。言葉にできないくらいの喜びだった。

凛は一瞬だけ気を失っていたが、すぐに正気に戻った。亮介は中出しした責任をとって、凛を抱き上げて風呂場へ連れていき、後ろを丁寧に洗ってやった。もう何度も見たのに、凛は恥ずかしがっていやがった。すごく可愛かった。

もう挿入は無理という凛を気遣い、風呂を出たあとはベッドでアナルセックス以外のことにいそしんだ。相互フェラはもちろん気持ちがよかったが、亮介は凛の体の性感帯を開発することに胸をときめかせた。凛の細い体には、あちらこちらに性感帯がちりばめられていて、まるでトレジャーハンターのような気分でそれを発見していったのだ。

「亮介さん、もういや」

三度目の射精をしたあと、凛は涙で濡れた目で可愛らしく睨んできた。感じすぎてつらいと言う凛に、性懲りもなく亮介は勃起した。その時点でもう四度も射精していた亮介だ。凛が相手だと際限がないようで、「絶倫って怖い」とちょっと引かれたのは寂しかった。

（ああ、このまま凛とだらだら朝寝を楽しみたい……）

そしてまた凛の体を弄りたい。感じちゃう、もういや、と言わせたい。

だが今日は平日。会社員の亮介は、会社に行かなければならない。

断腸の思いでベッドを抜け出し、熱いシャワーを浴びて気合いを入れた。服を着るために寝室へ行く。クローゼットからワイシャツを出し、ネクタイを選んだ。手早く結びながら、凛の寝顔をチラ見する。可愛い。

（仕事だ。俺は仕事を頑張るぞ。凛との生活のために）

亮介はすでに今後のことを考えていた。昨夜……というか、ほとんど今朝と言ってもいい時間だったが、疲れ果てた凛を抱き寄せて眠る体勢に入りながら、考えたのだ。

こうなったからには、覚悟を決めよう――と。

亮介は、いつか父親にすべてを話そうと決意した。凛が二十歳になったときか、あるいは大学を卒業したタイミングでもいい。カミングアウトの時期は凛と相談して、父親に打ち明ける。そのあとは、凛と二人で暮らしていきたい。

父親がどういった反応をするのかは、いまいち、予想ができていない。

一企業人として、リベラルさを発揮《はっき》して柔軟に受け止めてくれるのか、それともやはり人の親として、義理ではあるが兄弟間の恋愛に拒絶感を強く出してくるのか、最悪の場合は同性愛なんて認めないと勘当《かんどう》を言い渡してくるか――。

（まあ、まずは驚くだろうな……）

父親にとって亮介は唯一の肉親だ。親兄弟はすでに亡く、そのぶん愛情をかけてくれた。好きなことをしなさい、と会社を継ぐことも強制されず、亮介はかなり自由に育てられた。

亮介は父親を尊敬している。一人息子の成長を温かく見守ってくれている優しい父を、本心では悲しませたくないと思っているが、凛については譲れない。最悪、大反対されて勘当されたとしても、亮介は凛と二人で生きていくつもりだ。そのためにも会社でしっかりと仕事をし、収入を確保しなければならない。

もしまた海外赴任の話が来たら、亮介は凛を連れていくだろう。一日たりとて離したくない。この愛らしいいきものを、ひとりぼっちにさせるなんて、心配で心配で仕事なんて手につかないに決まっている。どこに転勤するにも連れていくつもりだ。

（凛には在宅で可能な仕事を選んでもらわなければならないだろうな……。俺の奥さんでいてくれてもいいが……）

凛がエプロン姿でキッチンに立っている光景を想像し、亮介はニヤニヤしてしまった。

「いかん、時間がないぞ」

　余計な妄想をしていたら時間がなくなってきた。もう朝食は途中でなにかを買うことにして、スーツの上着を抱える。ちょっとかわいそうだが、気持ちよく眠っている凛に声をかけた。

「凛くん、おはよう。俺はもう時間だから会社に行くよ」

「んー……………？」

　もぞもぞと凛が布団の中で悶えている。

（くっ…………………可愛い…………っ！）

　このままベッドにダイブしたいくらいだが、ぐっと衝動を抑えこむ。

「もう、朝？」

「朝だよ。俺は会社に行くけど、凛くんはどうする？　今日は平日だけど」

「んー…………休む……」

「休んでも大丈夫な講義なのか？」

「歩夢に頼む……」

「そうか、頼めることがあったら歩夢くんに頼るといい」

「うん……」

会話をしているうちに少し目が覚めていたのか、何度かまばたきをしたあと、ベッドの傍らに立つ亮介を見上げてきた。じっと見つめてきたかと思ったら、ふわっと頬が赤くなり、恥ずかしそうに視線を逸らす。昨夜のあれこれを思い出したのだろう。亮介もつられて赤くなった。昨夜のガッつきぶりは、われながらケダモノじみていた。

「凛くん、体はつらくないか？　冷蔵庫の中のものはなんでも食べていいから、今日はここでゆっくりするといい」

「……ここにいてもいいの？」

「いいよ」

亮介はベッドに手をつき、上体を屈めた。凛のチェリー色した唇に触れるだけのキスをする。甘い味がしたような気がした。

「できるだけ残業せずに帰ってくる。お帰りって、出迎えてくれれば嬉しいな」

「……わかった……」

凛の瞳がじわっと潤んだ。きらきらと輝く黒い瞳には、見るものを虜《とりこ》にする魔力があるようだ。その力に勝てず、亮介はもう一度キスをした。今度は舌を絡め、たっぷりと凛の口腔を味わう。

顔を離したとき、凛はわずかに喘いでいた。布団の中で、昨夜さんざん愛した体に火がつきかけているだろうと予想できたが、理性を総動員して体を起こした。

「じゃあ、行ってくる」

「いってらっしゃい」

凛にベッドから見送られて、亮介はマンションを出た。

いつもの冬の朝。いつもの出勤の風景。駅へと向かうスーツ姿の男女たちの中に身を置きながら、亮介は世界がいつもよりずっと色鮮やかに見えて驚いた。

長年の恋が成就した。それだけで、世界が変わる。ヤル気が漲《みなぎ》っている。

亮介はいままで特に出世願望はなかったが、この朝、はじめて出世したいと具体的に野望を抱いた。昇進すれば収入が増えるから、凛に贅沢をさせてあげられる。役付きになれば社会的にも認められるし、なによりも凛が喜んでくれるかもしれない。

亮介の動機のすべては、もはや凛だけになっていた。

◇

凛は自宅の灯りが見える場所まで来ると、いったん足をとめて道路脇で深呼吸した。

（いつも通り、いつも通りだ）

自分に言い聞かせて、ふたたび夜道を歩き出す。玄関を開けるまでに、もう一度、凛は頭の中でシミュレーションした。平日の夜なので母親は確実に家にいるはず。もしかしたら父親も帰っているかもしれない。午後九時にもなるのだから当然か。

二晩も外泊したことを咎められるだろうか。亮介の部屋に泊めてもらっていたことは電話で知らせてあったし、大学を休んでしまったことはそう簡単にバレないはず。

なにか聞かれたら、なんでもなかったようにシレッと答えればいい。変に焦ったり動揺したりすれば不審がられる。亮介の部屋で二晩もなにをしてきたのかなんて、言わなければわからないのだから。

はじめての夜を情熱的に過ごした翌日——つまり昨日——凛は大学をサボった。ベッドから起き上がれないほど尻が痛かったわけではなかったが、かなりの寝不足で、とてもではないが大学まで行って何時間も講義を受けることはできなさそうだったからだ。代返ですむ講義は歩夢に頼んだ。

サボる理由を、歩夢には伝えた。亮介と想いを通じあわせて、はじめての夜を過ごしたと話すと、「よかったな！」と我がことのように喜んでくれた。歩夢は六年前から凛の片想いを知っていた。ときには励ましてくれ、ときには慰めてくれ、ときにはアダルトグッズの購入の手伝いをしてくれた。本当にいい友達だと思う。いつか歩夢に凛が協力できることがあれば、なんでもしようと心に決めた。

昨日、凛はベッドでうとうとしたり、冷蔵庫を漁《あさ》って適当に腹を満たしたりして一日を過ごし、亮介の帰りを待った。残業をせずに帰ってきた亮介を、凛はクローゼットから勝手に借りたシャツ一枚を身にまとっただけの格好で出迎えた。いわゆる彼シャツだ。ちょっとした悪戯心でやってみただけだったのに、亮介は目の色を変えて凛に襲いかかってきた。

結局、昨夜も情熱的に過ごしてしまったのだ。それはそれはもう、人には言えないようなことをたくさんした。亮介はいままでの妄想をすべて実践しようとでもするかのように、凛を弄りまくり、いかせまくり、そして自分もいきまくった。

亮介の部屋の洗濯機は、体液やローションで汚れたベッドカバーやバスタオルをきれいにするために、恥ずかしいほどフル稼働だった。

気持ち的には、もっと亮介といっしょにいたかったが、さすがに家に帰った方がいいだろうと亮介と話し合い、こうして戻ってきた。また二人のスケジュールが一致したら、泊まりに行くことを約束して。

門を開ける前に、車庫に父親の車がとまっているのを見た。帰宅しているようだ。背筋を伸ばし、堂々としろ、大丈夫だと凛は自分を鼓舞《こぶ》して庭を突っ切り、玄関を開けた。

「ただいまー」

努めて明るい声を出した。「お帰りなさい」とリビングの方から母親の声が聞こえる。

本音としてはこのまま親に顔を見せることなく二階の自室に引っこみたいが、そういうわけにはいかない。なにせ突発的に二晩も外泊してきたのだから。

リビングに行くと、両親が揃ってソファに座っていた。九時からのテレビニュースを仲良く観ている。

「ちゃんと帰ってきたわね、不良息子」

母親が苦笑いしながらそう言ってきて、凛は身構えていたにも拘《かか》わらずギクッとしてしまった。父親が、ははは声を立てて笑う。

「亮介のところに泊まってきただけで不良呼ばわりは、凛くんがかわいそうだ。ちゃんと大学には行ったんだろう?」

父親に確認するように聞かれて、凛は大きく頷いた。

そっとリビングをあとにしようとしたが、「あ、ちょっと待って」と母親に呼び止められ、性懲りもなくギクッとしてしまう。

「な、なに？」

「凛ちゃん、壮太さんに会っているんですって？」

壮太ってだれ？　と一瞬だれのことかわからなかった。落ち着いて考えれば、杉本の父のことだと気づく。

「だれから聞いたの？」

どこから漏れたのかと、凛は父親の顔色を窺う。だが椎名の父は穏やかな笑みを浮かべていた。

「杉本さんから電話があった。黙って大学まで会いに行ってすみませんと言われたよ」

「電話が……」

亮介と名乗り合ったので椎名の父に伝わるのは時間の問題だと考えたのかもしれない。

「あの人は凛くんの実の父親だ。面会が禁止されているわけでもない。いつでも会いに行っていいですよと答えておいた」

「……ありがとう、父さん」

「だから私に礼を言わなくてもいいんだよ。君たちは親子なんだから、好きなときに堂々と会いなさい。ずっと独り身だったようだし、杉本さんにとって凛くんは唯一の息子だ。たまには君に会いたいだろう。私に遠慮することなく、自由にしなさい」

そう言ってもらえると、気が楽になる。母親もとくに気分を害しているわけではなさそうだったので、これからもときどき会うと思うと言った。

それから二階に上がり、やっと自分の部屋に入る。

親に秘密を作るのは、自分には向いていないのかもしれない。ほんの数分のことなのに、ずいぶんと疲れてしまっていた。だが亮介とのことを、まだ知られるわけにはいかない。

亮介は今後のことをもう考えてくれていた。凛が二十歳になるまで、できれば大学卒業までは内緒にしておいて、それからカミングアウトして二人で暮らそうと言ってくれた。

どこに転勤の辞令が下ってもついてきてほしいとまで言われて、凛は嬉しかった。

亮介は凛の人生をすべて引き受けるつもりで抱いてくれたのだ。そうとうの覚悟を感じ取り、凛も腹を決めた。これから、なにがあっても亮介についていく。両親に理解してもらえなくても、二人の想いが強固ならば大丈夫。いままで六年も想い続けてきたのだ。

やっと成就したこの恋を、ちょっとやそっとの障害で手放してなるものか。

両親が悲しむことになっても、それはもう仕方がないことと諦めるしかない。だれもが想いを叶えて幸せになる道などないのだ。

凛はため息をつきながらベッドにごろんと横になった。

体が怠い。二晩も続けてセックスをしたのだから当然だろう。亮介の絶倫ぶりには驚かされたが、それについていけた自分にもびっくりだ。自慰をするとき、一回出してしまえばたいていは気がすんでいたのに。

亮介は一晩で何回も挑んでしまった点は反省したようで、これからは凛の体調を考慮しながらセックスしていこう、ということになった。平日は控えめにスキンシップていどに留め、リミッターを外すのは翌日が休日の夜だけ。

そう決めたとしても、想いが通じあったばかりの恋人だ。二人きりでいたらどうしても抱き合いたくなってしまう。なので、これから凛は毎日マンションに行かず、週に二度ほどに減らすことにした。体調のこともあるが、凛がマンションに通っていた理由を亮介が知り、学業を心配されてしまったからだ。

一年生から二年生にかけては必修科目が多く、提出しなければならないレポートが重なることもある。けれど凛は亮介を優先してきた。サークル活動もせず、ただ自宅と大学、そしてマンションの三か所をぐるぐる回るだけの日々を送っていたのだ。確かに、若干…だが、学業を疎《おろそ》かにしてきた感は否《いな》めない。

もう凛の片想いは実った。マンションにせっせと通って家事を頑張り、亮介にアピールする必要はない。もちろん将来実家を出るときのために家事の腕を磨くのはいいが、いまはとりあえず学業優先。そのかわり、週に一度のノー残業デーの食事デートと、週末のお泊りは約束する、と言ってくれた。

ふふふ、と自然に笑みがこぼれてくる。幸せだと、こんなにも胸の奥がぽかぽかして全人類の幸福までをも願ってしまえるものなのだと知った。

「あ、そうだ」

ショルダーバッグの中から携帯電話を取り出した。亮介に『家に着いた』とメールを送る。するとと電話がかかってきた。

『なにも疑われなかった？』

と聞かれ、「大丈夫。まったく不審がられていないよ」と答える。

「あのね、杉本のお父さんが、電話してくれたみたい。僕と会っていますって。そうしたら、父さんがいつでも会っていいんだよって言ってくれた」

『そうか。よかったな』

「うん……」

本当によかった。いま思えば、どうしてあんなに頑なに秘密にしようとしていたのだろう。杉本もこそこそしなくてよかったのに、やっぱりなんとなく引け目があったのだ。凛の方が堂々としているべきだった。

『その杉本さんだが、今度、きちんと会って、改めてお詫びをしたい。食事会のセッティングを頼めるか？』

「えっ、改めてお詫び？」

亮介の律儀さに驚いてしまう。でもそういう真面目なところも好きなのだ。

「んー……そんなことしなくてもいいと思うけど、亮介さんの気が済まないのならしたほうがいいのかな」

『ぜひ、頼む』

「わかった。いつがいい？　つぎのノー残業デーとか、お父さんに聞いてみる？」

杉本にメールを送ってみたら、亮介と会うのは了解してくれたが、提案したその日よりも金曜日の夜がいいらしい。それをそのまま亮介に伝える。

『わかった。金曜日の夜だな。できるだけ残業しないように頑張るよ。じゃあ、その日は食事のあと、凛くんはこっちに泊まる用意をしておいで』

「あ………うん……」

泊まったらなにがあるか、容易《たやす》く想像できるようになってしまったから、凛はじわりと顔を赤くする。ひとりきりの部屋の中で、凛はもじもじと俯いた。

『だが泊まる用意といっても、特にないか』

「あるよ。着替えなんてそっちに置いてないじゃない」

『俺の部屋で週末を過ごすのに、着替えが必要か？　服なんか着ないだろう』

当然のように言われて、凛は絶句してしまった。亮介はずっと裸で過ごすつもりなのか。それってどういう意味なのか。あんな意味か、こんな意味か——。

初心者の凛にはきわど過ぎる言葉に、あわあわとうろたえてまともな返事ができない。電話の向こうで亮介が「くくく……」と笑った。からかわれたのだ。まだ気の利いた返しができない凛を、面白がってわざと変なことを言ったのだ。

カッと耳まで熱くなり、凛は「酷いよ、亮介さん！」とわめいた。

「本気にしちゃったじゃない。もうっ、着替えは必要っ！」

『完全な冗談のつもりじゃないんだけどね。できればそうしたい、っていう俺の願望。もちろん、凛くんが嫌がるなら、そんなことはしない』

どう、と試すように振られて、凛は首まで赤くなった。

「知らない、そんなこと！」

勢いに任せて通話を切ってしまう。ベッドの上で、凛はひとりジタバタともがいた。

「大人って、大人って……！」

亮介がエロ過ぎる。どうしよう、大変だ。あんな人だとは思わなかった。もしかしてエロいことしか考えていないのかも。

「………でも、好き………」

天井を見上げて、ぽつりと呟く。

放り出した携帯電話が電子音を発した。亮介からメールが届いている。

『おやすみ。俺の凛くん』

それだけが、なんの絵文字もなく送られてきた。きっと凛がジタバタと悶えているのを想像して、笑いながら打ったにちがいない。

それでも嬉しい。嬉しすぎて、どうしてだか目が潤んだ。メールの文字が滲んで見にくくなる。目を擦りながら、凛も『おやすみなさい』と送った。僕の亮介さん、とは書けなかった。恥ずかしくて。

もう会いたくて会いたくてたまらなくなっている。あれだけたっぷり抱き合ったのに。でもいつか、いっしょに暮らすときのために、我慢しよう。いまの凛はまだ十九歳の未成年で、大学生だ。

携帯電話を操作して、今朝、ベッドの上で撮った写真を見る。二人とも剥き出しの肩を寄せ合って、携帯電話のカメラに笑顔を向けている。これは決意の証《あかし》だ。二人で生きていくと決めた。

だれにも文句を言われないくらいの大人になってから、正々堂々と亮介の手を取り、あたらしい暮らしをはじめたい。それまでは、節度を持った付き合いをしていこう。
二人で暮らす。凛は亮介の伴侶《はんりょ》になる。
その日を夢見て、凛は携帯電話を胸に抱き、そっと目を閉じた。

おわり

■あとがき■

こんにちは、またははじめまして、名倉和希です。

今回は親の再婚で家族になってしまった、義理の兄弟モノです。今年でデビューして二十年、この本で六十四冊になる私ですが、なんと義理兄弟モノは初めてだったりします。ほかにも、まだ書いたことがない職業やシチュエーションは山ほどあるのですが、今回はこれにチャレンジしてみました。とても楽しかったです。

私が書く攻め様は、最初はカッコいいのにだんだんヘタレになっていく傾向にあります。今作のお兄ちゃんもそんな感じになってしまいました。なぜでしょう。受け君に惚れこみ、受け君が生活の中心になると、どうしてもおかしくなってしまうみたいです。でもその方が世界は平和だと思います。

私が一番気になったのは、受け君の実父ですかね。イケメンだけど押しに弱く、メンタルも弱かったせいで結婚に失敗し、最愛の息子と離れ離れになっています。でも大丈夫。その薄幸臭は誘蛾灯のようにセレブを引き寄せる力があります。実はスパダリだった初体験の彼と再会し、きっと幸せになるでしょう——。ふふふ。間違いなく同人誌で書いてしまいそうなので、おじさんたちの恋愛に興味がある方は私のブログかツイッターをチェックしてください。

さて、イラストは桜城やや先生です。初めてご一緒させていただきました。なのに私の仕事が遅れてしまい、申し訳ありませんでした。予定より遅れてしまったにもかかわらず、桜城やや先生はさすがベテランなので、きっちり仕上げてくださいました。ありがとうございました。

前述した通り、私は今年でデビュー二十年になります。こんなに長く続けてこられたのは、読者のみなさんのおかげです。本当に感謝しています。お手紙はすべて読んでいます。イベントで一言でも声をかけてもらえると、励みになります。ありがとうございます。

ＢＬが好き、という気持ちだけで、ここまで来ました。まだ当分は書いていくつもりですので、これからもよろしくお願いします。

それでは、またどこかでお会いしましょう。

名倉和希

初出
「恋をするにもほどがある」書き下ろし

CHOCOLAT BUNKO

この本を読んでのご意見、ご感想をお寄せ下さい。
作者への手紙もお待ちしております。

あて先
〒171-0014 東京都豊島区池袋2−41−6 第一シャンボールビル 7階
(株)心交社　ショコラ編集部

恋をするにもほどがある

2018年2月20日　第1刷

著　者:名倉和希
発行者:林 高弘
発行所:株式会社　心交社
〒171-0014 東京都豊島区池袋2−41−6
第一シャンボールビル 7階
(編集)03-3980-6337 (営業)03-3959-6169
http://www.chocolat_novels.com/
印刷所:図書印刷 株式会社

愛の狩人

名倉和希

イラスト・北沢きょう

俺様のエサに何をする!

吸血鬼のユアンは人並みはずれた美貌を生かし、ホストとして女のエナジーを吸って生きている。そんなユアンが出会った史上最高に美味しそうなエナジーの持ち主は、街で家出娘を捜していた子犬のように純朴な少年・筒井弘斗だった。男は絶対相手にしない、という信条のもと極上のエナジーを諦めるユアン。なのに弘斗はその後もユアンの周囲をうろちょろしてはいい匂いをまき散らし、これ見よがしにもめごとに巻き込まれまくり…。

恋の病が重すぎて

ヤリチンだったことは絶対に秘密だ。

同僚の若宮浩輔に告白された池ノ上一樹は、彼の非の打ち所のないイケメンぶりと真剣さに絆され、生まれて初めて男とお付き合いすることに。一樹は尻に突っ込まれる覚悟だったが、紳士的な浩輔は甘い触れ合いだけで満足している様子。だが一樹は知らなかったのだ。彼が死ぬほど我慢してカッコつけていることを…。そんな折、人事異動で浩輔は神戸勤務になってしまう。離ればなれの寂しさに、浩輔の重い愛が暴走を始めそうで——!?

名倉和希

イラスト・篁ふみ